文芸社セレクション

マスカラ

穂波 なな

HONAMI Nana

文芸社

もくじ

マスカラ

マーブル模様の哀しみを飼っている。

そんなふうに表現すると、なんだかポップな情景が浮かんでくるのはマーブルチョコを連想するからだろうか。

幼い頃、マーブルチョコの赤色が欲しくて、赤色が出るまで食べ続けては、舌を何とも言えない色に染めたことを思い出す。

色鮮やかなチョコレート菓子は、子供にとっては心躍るものだった。

哀しみからは、程遠い。

「西からお天気は下り坂……今、降っていなくてもカサを持ってお出かけ下さい」

涼香《すずか》ちゃん、前髪切ったのか……。長い方が似合ってたのに。

まぁ、これはこれでカワイイけど……。

眉を描きながら、この春から「エブリーモーニング」のお天気キャスターになった涼香ちゃんをチェックする。

　この局の朝の情報番組の天気予報は、代々現役の女子大生が担当している。アナウンサーもそうだが、局によってカラーがあって、この局はタレント張りの容姿の女子を採用するのが慣例のようだ。

　かくいう涼香ちゃんも、少しツリ気味の二重の大きな瞳で鼻筋の通った美人系だ。ちょうど眉の辺りで切りそろえられた前髪は、大人っぽい顔立ちの彼女を少し幼く見せる。

　涼香ちゃんを横目で見ながら、今日も私は「月島リカ」になる。

　学生の頃、この名前が大嫌いだった。

　腫れぼったい一重まぶたで、大きくも小さくもない目と、高くも低くもない鼻、そして薄くも厚くもない標準的な唇。良く言えば日本的、悪く言えば何の特徴もない地味な顔。一度会っただけでは顔を覚えてもらえない薄い顔立ちの私には、「リカ」という名前はあまりに不釣り合いに思えた。

「月島リカ」というその響きから、他人《ひと》は気の強そうなキリッとした美人を想像するらしく、会った時の落胆を私は決して見逃さなかった。自分の容姿に自信を持てなかった私は、学生時代はとにかく地味に生きていた。

　勉強も運動もそこそこほどほどで、特に熱中できるものもなくて、唯一誇れるものと言えば手先の器用さくらいで、歳の離れた弟のキャラ弁を、看護師として忙しく働く母の代わりに作るのが私の日課だった。それを面倒だと思ったことは一度もなく、逆にそれが唯一の存在意義であるかのように思っていた。

何の取り柄もなく、誰の役にも立たない私が、弟と母から感謝されることで、ここに居ていい人間なのだと思うことができた。それを心の拠り所にしていると言っても過言ではなかった。

それくらい何もなかったのだ。あの頃の私には。何もかもが薄かった。

そんな私が今、国内最大手の化粧品メーカーで美容部員をしているのだから、人生は分からないものだ。

「先パイ、もうアレ使いました？　スゴくないですか？　あのカール力《りょく》、半パない」

後輩の美波が指すアレとは、今秋新しく発売されるマスカラのことだ。史上最強カールを謳うそれは、確かに優れたカール力を発揮する代物であった。今までカール力を強調したマスカラを使っても、二、三時間後にはヘタッてしまうコシのない私の睫毛でもカールを持続できた。

「確かに……。でも、個人的にはもう気持ちボリューム感が欲しいかな」

「あ、やっぱり思いました？　ちょっと惜しいですよね。やっぱりどこかに特化すると、別のどこかが不足するものなんですかね。全方位型、作ってほしいですよね」

美波はそう言いながら、長く濃い睫毛を人差し指ですくい上げて見せた。

この子にはマスカラなんて必要ないいんじゃないかと思いながら「そうだね」と同意する。

神様は不公平だ。

昨年入社した坂下美波は、美容部員としては少し整いすぎた容姿の持ち主だ。

美容部員にはある程度の美しさは必要だけど、美しすぎると嫌味になることがある。どんなに優秀なマスカラも、どんなに効果のあるシワ対策の美容液も、「あなたには必要ないでしょ」と思わせてしまうからだ。憧れられる容姿を持ちつつも、どこかにスキがないといけない。完璧な容姿では夢を与えられない。自分もそんなふうになれるんじゃないかと思わせる余地がない。

美波は完璧とも言える整った美しい顔立ちで、大きな瞳に睫毛は密で濃く長く、適度なポッテリ感の女性らしい唇を持った可愛い系の美人だ。加えて肌は透けるように白い。

美波が入社してきた時には、人事担当は一体何を考えてるんだと思ったものだが、美波と実際に話してみると全ては合点がいった。

美波は人を取り込むのがとても上手い。取り込むと言うと少し聞こえは悪いが、美人にありがちなツンとしたところが全くなく、嫌味なく人を惹きつける。とにかく全てにおいて可愛いのだ。

それだけ可愛ければ、当然本人にも可愛いという自覚はあるのだけど、彼女には彼女の悩みがあって、常々言うことがあった。

「私の家系って、二十代半ばくらいから必ず太るんですよ。若い頃ガリガリでも、三十代に入る頃には皆なかなかの貫禄で、私もきっと立派なおばさんになると思うんですよね」

今は細すぎるくらいの体型の美波が言ってもいまいち信憑性に欠けるが、母親の若い頃と三十代の頃の写真を見せてもらうと、確かに美波の言った通りだった。そして、若い頃の母親と今の美波はとてもよく似ていた。

「だから私、太り始めるまでに結婚相手を絶対に見つけようと思ってるんです。だって、人は見た目じゃないとか言いながらも、結局出会いそのものって見た目がいい方が圧倒的に有利じゃないですか。特に若いうちは皆、まず見た目でしょ？　その出会いを活かしたいんですよね。もし仮に相手が見た目で私を選んで、結婚してからブクブク太りだしたとしても、そんなことでは嫌いにならないような、優しくていい人を捕まえたいんです」

普通なら反感を買いそうなことも、美波が言うとイヤな感じがしないのは、美波の裏表のない素直さに起因する。まず、美波は人の悪口を絶対に言わないし、とかく他人をよく褒める。人の良いところを見つけるのが得意で、それを自然に口にできる。接客をする上ではとても大切な要素だった。

そして、自身の美しさに自負はあっても、それをひけらかすことは決してしない。

バリバリ仕事ができるというタイプではないけれど、与えられた仕事は器用にこなし、丁寧な接客で客からの信頼も得ている。誰からも好かれるタイプで、時折やらかすミスは愛嬌として許されてしまう。きっと幼い頃からそんなふうに許されてきたのだろう。

――得な人種だな。

そうは思っても、そこに負の感情が宿らないことが不思議だ。

「エクステでもしようかな」

ボソリと呟いた私に美波は、

「イヤイヤ……それはないでしょ。マスカラの威力を見せてなんぼの美容部員の放つ言葉じゃないですよ」

と、軽くツッコんでくる。

「だよね」

半分冗談のつもりの呟きだったけど、半分は本気だったのかもしれない……と、自分のことながら呆れてしまう。

私の睫毛は全体の容姿同様、やはり濃くはない。普通に生えそろった普通の長さと太さの標準的な睫毛だ。

初めてマスカラを塗った時の衝撃は忘れられない。睫毛が長くて密に生えているか、上を向いているかで、目元の印象が大きく変わることを知った。そこにアイラインが加わると更に目の存在感は五割増しの勢いだった。

初めてフルメイクをした自分の顔を見た時「どうして」と思った。どうして、もっと早くメイクの威力を誰も教えてくれなかったのか。

いや、知ってはいた。ただ、自分にも効果を発揮するものだとは思えなかったのだ。

――黄金比率。

私の薄い人生を変えた、魔法の言葉。

私が通っていた高校では、毎年二年の女子を対象に美容講習が開かれていた。大手化粧品メーカーの美容部員を招いて、社会に出る為のマナーとエチケットの一環としてメイクを習う名目ではあったが、情報過多な時代を生きる私たちの世代は、わざわざ習わなくとも、皆あり余るほどの知識を得ていた。

学校ではナチュラルなメイク、休日には少し派手めのしっかりメイクというように、使い分けのできるレベルの彼女たちに教えることなどもはやないのではないかと思われたが、昔からの慣例なのか飽きもせず毎年行われ続けるそれは、二年の女子は絶対参加だった。

何人かの生徒が壇上に上げられ、実際にプロの手によってメイクをしてもらう機会が作られている。私はさも無関係ですという顔で、その中に紛れているだけのつもりだった。

校則で禁止されているにも拘らず、同級生の多くがメイクをして学校に通う中、私はこの薄い顔はメイクごときでどうにかなるものではないだろうという想いからスッピンを貫いていた。そのスッピンを目敏く見つけたのが美容部員のお姉さんだった。薄い顔の方が変化が際立つと思ったのだろう。そして、それは想定を超える効果を発揮した。

それまで誰も教えてくれなかった。

薄い顔、地味な顔の可能性の拡がりなんて、そんなものに想いは及ばなかった。

「あなたの配置バランス、完璧ね」

——配置バランスって、何だ？

お姉さんが発したなじみのないワードにキョトン顔の私を置いてけぼりにして、彼女のテンションはどんどん上がっていった。

「スゴい……、ここまで完璧な黄金比率の人に会うのは初めてかも！　ちょっと感動的」

美人に見える顔のパーツの配置バランスには「黄金比率」なるものがあるらしく、彼女曰く、タテの黄金比率は髪の生え際から眉頭を上、眉頭から鼻の下を中、鼻の下からあご先を下とした時に上中下の長さが同じで、ヨコは目と目の間の長さと目の幅が同じであること、口の幅が鼻の幅の一・五倍であること……云々、他にもいろいろあるらしいが、お姉さんは一気に捲し立て、とにかく私の顔はそれらをことごとく網羅した、パーフェクトなバランスであると言い放ったのだった。

しかし、ここで大きな疑問が……。なら何故、私の顔はこんなにも地味で薄いのか？

答えは簡単だった。パーツそのものが全てにおいて小さいのだ。主張のない一重まぶたの目、小さくて目立たない鼻、ごくごく標準的な厚みの唇……そもそも顔自体が小さくて全部が目立たない。

いくら黄金比率であっても、この小さく地味なパーツしか持ち合わせていない私は、ブサイクでないにしても美人からは程遠かった。だからメイクをしたところで……、そう思っていた。しかし、メイクというものは、私が思っていた以上に魔法の要素を持っていた。

――何だ、これは……。

メイクを終えた後、鏡を見た私の率直な感想がそれだった。まるで鏡の中に別人がいるかのようで、暫く言葉を発することもできずに釘づけになってしまった私に、お姉さんはニコニコが止まらない様子だった。

「スゴい……」

思わず呟いていた。

鏡の中の私は、なんだかすごく、なんだかものすごく……キレイだった。

自分で言うのも何だが、本当にキレイだったのだ。一気に世界が開けたような感覚だった。

完全にメイクというものを侮っていた自分を激しく後悔した。そして、後悔して初めて自分がキレイになりたいという欲求を持っていたことに気づいてしまった。

その日を境に、私は美容の世界にのめり込むこととなる。全く想像もしていなかった世界への扉を開いたのだ。

「リカは、本当にリカになったよね」

マコトが感慨深げに呟く。

「マコトは、昔からマコトだよね」

私の言葉に、マコトはフフ……と落ち着いた笑みを返した。なんだかものすごく懐かしい笑顔だった。

リカはリカになって、マコトはマコトのまま。

他人が聞けば訳の分からない会話だけど、私たちの間ではそれで通じてしまうのが二人の歴史を感じさせる。

マコトは中・高と学校が同じで、学生時代に一番仲の良かった親友である。

――リカがリカになる。

あの頃の私は、自分はきっと一生「リカ」にはなれないと思っていた。「リカ」という名前は、私にとってはハードルが高すぎた。ただのイメージだと言ってしまえばそれまでだけど、それが確かに私を苦しめていた。

母はきっと、この名前がそれほど娘を苦しめるものになるとは思っていなかっただろう。おそらく今だって思っていない。私がその名前に悩んでいたことなど、きっと気づいてもいないから。

「リカちゃん人形が好きだったから」

初めて名前の由来を聞いた時には、冗談ではなく軽く殺意にも似た感情が湧き上がったが、事もなげに語る母に悪びれた様子は微塵もなかった。

まぁ、それはそうだろう。だって、母は「リカちゃん」が好きだったのだから。ただ好きな名前をつけただけなのだから、そこを非難されるなんて思ってもいないはずだ。そしてあげくの果てに「憧れだったのよねぇ」と、何とも呑気に言い放ったのだった。

私は声にこそ出さなかったけれど心の中で言った。「よく考えろ、母よ」と。

リカちゃんの設定は、日本人の母とフランス人の父の間に生まれたハーフだ。「THE日本人」の顔とスタイルを持った自分と父の間に生まれた子供につける名前ではないだろう、と。何故、そこに想いは至らなかったのか、と。

母はとても仕事のデキる人ではあったけれど、発想は全くヒネリのない分かりやすい人だった。あまり小さなことでは悩まない、直感で物事を決めるタイプの人で、ある意味それは私の理想でもあった。

私は他人の目ばかり気にして、思うように行動できないところがあったから、母のそういう他人の影響を受けない真っすぐさが羨ましかった。ただ、直感だけで動くことは、時に危うさを伴うものだという思慮深さも持ち合わせてほしかったと、切実に思ってもいた。

十一歳差の玲央《れお》はと訊けば、子供の頃「ジャングル大帝」が好きだったからと、どこまでも安直な思考なのだった。

そんな人だったから、私は怒りのぶつけどころがなく、ただ悶々とするしかなかった。

いくら安直につけたとは言っても、自身がつけた名前で子供を苦しめたい親なんているワケがない。好きな名前をつけているのだから、そこに愛がないワケがない。母がしっかりと愛情を持って育ててくれたことは理解している。だから絶対に気づかせてはいけないと思っていたし、実際に気づかれないように過ごしてきた。

特に、中一の時に父親が交通事故で亡くなってからは、当時二歳の幼子《おさなご》を抱えながら、経済的な負担を一挙に引き受ける形になった母に対して、そんな態度はおくびにも出してはいけないと思っていた。そうやって、吐き出せないからこそ鬱屈《うっくつ》していったとも言える。なぜ玲央は「レオ」ではなかったのか。私はなぜ「里加」でも「梨花」でもなく「リカ」なのか。漢字表記なら幾分イメージも和らいだのではないかと、考えても仕方のないことを考え続けた不毛な学生時代だった。

特に多感な中学生の頃は、ちょっとしたことで感電しそうな危うさを持っていて、小さなことに傷ついていては何度も涙した。

年度替わりのクラス替えの度に生じる緊張感。自己紹介をした時の教室内のザワつき。落胆を隠しきれないクラスメイトたち。今となってはその大半は自意識過剰な被害妄想だったのだろうと思えるけど、当時の私にとっては苦痛以外の何物でもなかった。

思春期特有のデコボコで歪《いびつ》なヒリヒリした感情と、未成熟な心と体と頭を持て余し、他人への羨望や嫉妬に勝手に傷ついてはイラ立っていた。

そんな頃に出会ったのがマコトだった。

——橘《たちばな》マコト

初めて名前を聞いた時は男の子かと思ったが、マコトはとても可愛らしい雰囲気を纏《まと》った女の子だった。髪こそショートヘアだったけど、佇まいが女の子らしく、とりたてて美人というワケではないけど、なんだかすごく透明感のあるツヤっぽさを持っていた。

新学年になって暫くは、事あるごとに出席番号順に並ばされる為、前後の私たちは必然的に話すようになった。ちょうどその頃、名前の由来を調べるというありがちな課題が出され、マコトの名前の由来も知ることとなる。

マコトは四姉妹の末っ子で、「今度こそは男の子を」という強い意志を持って授かった子だったけれど、願い叶わず女の子で、諦めのつかない両親がせめて名前だけでも、と男の子寄りの名前をつけたということだった。

カタカナにしたのは、マコト曰く、なんとなくボカしたかったのではないか、と。明確にそう聞いたワケではないようだったけれど、マコトの中では存在そのものをボカされている感があるようで、一瞬寂しそうな表情を見せたのが印象的だった。

私と同じように、親がつけた名前によって傷ついてる人間がいる。しかも、同じカタカナの。マコトの存在は一つの救いとなった。

自分と同じ境遇の人間がいる。それだけで、あの頃の傷つきやすい心は軽くなれた。

学校という狭い世界しか知らない私たちは、お互いをすごく近いものに感じて、一気に距離を縮めた。ただ、マコトが私と決定的に違ったのは、しっかりと芯を持っていたことだったかもしれない。

　マコトはとても勉強ができた。それは決して天才的なものではなく、明らかにマコトが努力をして得た結果だった。

　マコトの父親は地元で歯科医をしていた。小さいわりに歯医者激戦区の町で、マコトの父の医院はかなりの評判を得ていた。

　丁寧な治療と確かな技術、そして何よりも物腰やわらかく、とても優しい雰囲気を持った院長が人気の理由だった。そんな院長の後を継ぐという意味でも、男の子を望んでいたという経緯がある。

　今となっては結婚をしても女性が当たり前に仕事をする時代だけど、当時はまだそれほど女性の社会進出は進んでおらず、「後継ぎ＝《イコール》男」という図式がマコトの両親の間にあったことは容易に理解できる。

　マコトの姉たちは、マコトが中学に上がる頃には皆、歯医者とは別の道にそれぞれ進もうとしていた。直接的な言葉はなかったものの、体《てい》よく言えばマコトに全てを託そうとしていた。言ってしまえば押しつけようとしていた。ただ、それをマコトがしぶしぶ受け入れているというワケでは決してなかった。マコトは勉強が好きだったし、父親の働く姿が好きだった。

　三人の姉とは少し歳が離れていた為、小学校の低学年くらいまでは、学校が終わった後の遊び場が父親の医院になっていた。母親も歯科助手として働いていた為、必然的にそこが居場所になっていたようだった。

後を継ぐとかそういう意識の元ではなく、マコトは単純に、純粋に、父のようになりたいと思っていたようだ。父親の仕事ぶりに憧れ、勉強で知識を身につけることを楽しいと感じていたマコトは、家庭の事情とは関係のないところで、自分の想いを貫いているようなところがあった。

ただ嘆きイラ立っている自分とは大きく違うそのマコトの姿勢に、時に私はまた勝手に傷つくということをくり返し、どこまでも不毛な精神を手放すことができずにいた。

マコトは自分にとって一番近しい理解者でもあり、羨望の対象でもあったのだ。

今になって思えば、学生時代の悩んだところでどうしようもない事に対する不毛なモヤモヤは、とても面倒くさくて、どこまでも非生産的だ。ただ、思春期というものは得てしてそういうものなのだろうと、今は理解している。そして、そういう時期にできた友達というのは、一度距離ができたとしても、いつでもまた戻れる関係のような気がする。

かくいう私とマコトも、出会ってからの十数年、それぞれの進路決定や恋愛事情から全く連絡を取らない時期もあったけど、こうして今でも会っていたりする。この十数年の間に、私たちはそれぞれの生活の中で、あの頃の〝デコ〟と〝ボコ〟をすり減らして丸みを帯びてきた。平たく言えば歳を取った。

あの頃もお互いを認め合ってはいたと思うけど、今はあの頃よりも、もっとフラットで穏やかな良い関係性が築けているような気がしている。それはきっと、私のメンタルが大きく影響しているように思う。あの頃の私はとにかく全てに自信がなかったから、分かり合えているはずのマコトに対してさえ、どこか卑屈なところがあったように思う。

それがあの美容講習をきっかけに容姿を磨き、自信を得て、人が美しくなる為の手助けをすることで、自分のように「どうせダメだから」と諦めている人たちに勇気を与えたい、希望を届けたいと思った。そんな想いから美容部員になって、少しばかりの芯を手に入れたことで、ちゃんと対等にマコトと向き合えるようになった気がして、そういうところが関係しているのだろう。

大好きな友達だからこそ負けたくない。彼女に恥じない自分でいたい。そんな想いがきっと、根底にずっとあったのだと思う。

やりたいこともなりたいものもない。そんな自分では、マコトの親友として相応しくないというような想いがあったのかもしれない。

今思えばそういう生真面目さも悪くないけれど、当時の私にとっては、とても深刻な問題だったのだ。

——リカがリカになる。

そう、私は「リカ」になったことで、大きな自信とやり甲斐のある仕事を手に入れた。

人生のベクトルは意外と簡単に向きを変える。小さなことをきっかけに、思いもしない方向に向きを変えることがある。それを割と早い段階で知ることができた私はラッキーだったと思う。

私は思い描く「リカ」に近くなったことで自分を認め、母を許し、友達や他人との間の壁を壊し、それまで閉ざし気味だった心を解放することができた。

メイクの技術を修得し、自分がどんどん垢抜けてキレイになっていくこと、そしてそれを周囲から褒められることが嬉しかった。

元々の手先の器用さも手伝って、メイクの腕前はメキメキと上達し、客からの評判もよく、入社四年でチーフを任されるまでになった。評価されることで更に自信を深め、日々の充実度は濃くなっていき、怖いくらいに全てが順調だった。

高校卒業後、専門学校に二年通ってから就職したから、ちょうど十年目を迎えている。着実に積み重ねてきたキャリアと、それによって得た自信と充足感。

怖いものなんてないかのように思えた。憂える要素なんて、ないかのように思えた。

それなのに最近の私は、なんだか薄い膜のようなものに覆われて時々息苦しくなる。その膜の正体を私は知っていて、知らない。遥か遠い昔に出会ったことがあるようでいて、全く未知のようにも感じるそれに時折心を乱され、そんな時にふと、マコトに会いたくなる。

「ゴメンね、急な誘いで」

「ううん、休診日だし、大丈夫だよ」

「このお店、変わらないね」

学生の頃によく利用した地元の小さな喫茶店は、十年以上経っても時間の経過を感じさせないほど変わっていなくて、私はその変わらない色々に安堵する。

マコトの笑顔も、お店の雰囲気も、外の景色も、全てが懐かしさに溢れていた。変わったのは私たちの環境だけであるかのように思えた。実際には店主の白髪の量だったり、アルバイトの女の子だったり、変わったものも確かにある。でも、空気感は全く変わらない。

就職と同時に地元を離れた私は、今では年に二、三回しか帰らない。それほど遠いワケではないのに、いや、だからこそなのか、いつでも帰れる安心感からなのか、あまり帰らないようになっていた。帰ったとしても、学生の頃の行きつけのお店に行くなんていうことは殆どなかった。

それなのに今日ここで会うことになったのは、私がマコトに会いたいと思うと同時に、このお店のミックスジュースが猛烈に飲みたくなったからだ。学生の頃、私は決まってミックスジュースをオーダーしていた。

ほんのりオレンジがかってはいるけど、完全に白が優勢のバナナ多めのミックスジュースは、ストローでギリギリ吸い上げられる濃度を保っている。その加減が好きだった私は、この店以外のミックスジュースはミックスジュースではないとさえ思っていた。

「ああ、これだ……」

そのジュースをひと口飲んで私は、変わらないものを求めて、今日ここに来たのだというふうに思った。そして同時に、不毛な時代の多くをマコトと二人、ここで過ごした懐かしさが、私たちの変化を際立たせているような気がして、先程までの安堵感は急速に影を潜める。

私の瞳の表面に薄い膜が現れる。

「どうした？」

マコトが心配そうに顔を覗きこんでくる。

ダメだ……こんなはずじゃなかった。

今日マコトに会ったら、他愛もないお喋りがしたかった。くだらないことを喋って、笑って、そういうことで、ここ最近の得体の知れない不安感は振り払えるものだと思ってた。

でも、そうではなかった。

変わらないものを見れば安心できるような気がしていたけど、それは逆に変化を突きつけるものでしかなかった。

熱の塊が私のまぶたと喉元と胃の辺りに腰をおろす。

――ゴメン、マコト。

声にならない声で呟いて、こんなはずじゃなかったと強く思う。そして、そこからはもう涙が溢れ出して止まらなかった。

「リカ……？」

マコトの心配そうな優しい声を聞きながら、私は完全に制御不能に陥って、止まらない涙をそのままに思った。

私は、知っている。この涙の原因を。得体の知れない不安なんて本当は嘘だ。

哀しみの正体を、知っている。


「月島さん」

オフィスの廊下で、成沢営業部長に呼び止められて立ち止まる。

普段は美容部員はそれぞれ担当する専門店で勤務しているが、月に一度、新製品セミナーと称した出社日がある。文字通り、新製品を勉強する為と、技術向上を目的としている。

「はい？」

上司に呼び止められると、別に疚《やま》しいことがあるワケではないのに一瞬ドキリとする。見た目が変わっても、根が小心者なところは変わらない。

「この間、優美堂の奥さんと会ったんだけど、月島さんのこと、すごく褒めていらっしゃったよ。お客様に対してすごく丁寧なのに購入が決まるまでがものすごく早いって。手際が良くて無駄が全くないって仰ってたよ」

「そうですか。ありがとうございます」

ニッコリと営業スマイルでかわしながら、それはそうだろうと内心思う。丁寧で且つスピード感のある接客は、入社してから私が研究して研究して得たスキルだったから、そこは当然だろうと思っていた。

入社当初、私はとにかく一人でも多くの人の「キレイ」の手助けをしたかった。悩んでいる人、諦めている人、自分なんて……と卑屈になっている人、昔の私のような人を救いたくて就いた職業だったし、何よりも化粧品が大好きだったから、その魅力を少しでも多くの人に伝えたくて、そこへの努力は惜しまなかった。元来、真面目さと手先の器用さは持ち合わせていた為、そこに関しては自分でもよく頑張ったと思っている。やりたいこともなりたいものも特になかった私が、目指すところを見つけると、意外と努力できるということに自分で気づく発見もまた楽しいものだった。

「さすがチーフ」

成沢部長はニコニコしながら去って行った。

それだけ？　と拍子抜けしたような気分で後ろ姿を見送っていると、部長はクルリと振り返って言った。

「あ、そうそう。片桐くん、今度はどこに行ってるの？」

そうか……、本当はそれが知りたかったのか、と合点がいく。

「えっと……千葉って言ってました」

「ああ……台風の」

「そうです」

「片桐くんはすごいね。先月は東北だったよね。彼の行動力には頭が下がるよ」

そう言いながらも、少しだけ険しい表情になったのを私は見逃さなかった。

片桐とは営業課長の片桐隼人のことで、私の恋人でもある。隼人はここ二、三年、災害ボランティアの活動をしていて、有休とボランティア休暇を活用して、平均月一のペースで被災地に足を運んでいる。

東北の震災あたりから、社会貢献の一環としてボランティアの為の休暇を作る企業が増えてきた。私が勤める美映化粧品もその流れに従って、年間五回のボランティア休暇が認められるようになった。

隼人は「正しさ」を絵に描いたような人だ。そして「優しさ」の塊でもある。困っている人がいると手を差しのべずにはいられない。そういうところに惹かれた。

皆、正しさや信念みたいなものを心に持ってはいても、それを貫くことは意外と難しかったりするものだけど、隼人は自分が正しいと思ったら、それを貫き通す強さも持っている。きっと私は、正しさそのものよりも、その強さの方により惹かれたのではないかと思っている。

隼人はボランティアの為に年間の有休を七割がた消化する。中間管理職にあってその消化率は私が心配になるほどで、いつだったか訊いてみたことがある。

「課長がそんなに休んで部長たちと気まずくならないの？」

「別に。仕事に支障がないように、するべきことはちゃんとやって引き継ぎもしてるし、お店へのフォローも入れてるから問題ないよ。部長が良く思ってないことは分かってるけどね」

何でもないことのように隼人は言ったけれど、私なら部長が良く思ってないことが分かった時点でアウトだな、と思う。昔から私は、相手が自分を良く思わないような行動は極力避けて生きてきた。他人の目を常に意識して思うように動けない私からすると、隼人のその揺るぎない姿勢は尊敬に値するものだった。

「大体さ、俺が休まなかったら下のヤツらも休めないだろ。部長は直接言葉で言わなくても顔に出るからな、あの人」

働き方改革を叫び始めた昨今、社会全体で有休を取りやすくはなってきた。でも、法で定められた最低限の休みは取れても、それ以上がなかなかというところも未だ多いようだ。幸いうちの社は大手と称される企業だから、人手の心配は殆どなく、休みを取れる環境下にはある。

だけど、成沢部長のように五十代後半の上司たちの時代は、休まずに働くことが美徳とされるような風潮があった為、フルで有休を使おうとするとあからさまに苦い顔をされる。それが分かっているから、皆どこか遠慮がちで、本当に用事がある時にのみ取得する人が大半だ。それは日本人の性質的な問題だとも言えた。でも隼人は、「そんなのはおかしい」と、部長に面と向かって言い放った。

「有休は働く私たちに与えられた権利なんだから取るのが当然ですよね？　休むことで仕事が立ち行かなくなるような状況なら最低限の休みでも仕方ないけど、うちはそういう状態ではないですよね？　誰かが休んでもカバーできる態勢は整ってるはずです。それなのに休めないのはおかしいでしょ」

誰が聞いても全くの正論だった。

隼人は当たり前のことを当たり前に主張できる強さを持った人で、私はそういうところを羨ましく思うと同時に、憧れと敬意を抱き、いつしか恋愛感情へと気持ちは移行していった。もうすぐ付き合って四年になる。

「リカっ」

部長を見送った直後、今度はやたら親しげな声で呼び止められ、また立ち止まる。振り返ると同期入社の香奈の笑顔があった。

「うわっ、久しぶり……てか、なんで？　百貨店組は今日じゃないでしょ？」

香奈は百貨店に勤務するグループのチーフを務めている。百貨店限定、専門店限定といった商品がある為に、それぞれ別日にセミナーがセッティングされている。

「今日は遅番なんだけど、ちょっとその前に報告を、ね」

「報告？」

「私、来年結婚することが決まったの。で、年内いっぱいで退職するんだ」

「えーッ、結婚決まったの？　おめでとう！　そっか、また一人旅立つのか……」

ここ二、三年で同期入社の仲間たちが立て続けに退職している。

「コラッ、祝福よりも寂しさが前に出てるよ」

「ゴメン、隠せなかったか」

私は軽く笑いながら肩をすくめる。

「まぁ、寂しさは勿論なんだけど、せっかく花形の百貨店勤務なのに勿体ないと思って。もしかして、おめでた？」

「ううん、違うよ。子供はまだ考えてない。二、三年は二人で過ごしたいかな」

「じゃあ、続ければいいのに」

率直な意見の私に、香奈はフフ……と穏やかな笑みを返す。

「うん、経済的にはその方がいいのかもしれないんだけど、ほら、彼スポーツやってる人だから、食事面とかちゃんとサポートしてあげたいんだよね」

確か、香奈の彼は実業団でバレーボールをやっていたはずだ。かなり強いチームに所属していて、日本代表にも選ばれたことがあると聞いたことがある。

「美容部員って、一見華やかでキレイな仕事に見えるけど、実際のところは精神的にも肉体的にも意外とハードじゃない？　遅番の時は帰りもかなり遅くなっちゃうし」

「まぁ、それはそうだね」

香奈の言う通り、美容部員という仕事は傍から見るよりもかなりハードだ。私も働き始めるまでは、カウンター内でニコニコしながら接客をして、化粧をしてあげながら楽しくお喋りして……みたいなイメージを持っていた。でも実際には、品出しはけっこう重労働だし、商品の発注業務や、季節の新商品の発売に合わせて棚替えをしたり、客へのＤＭ発送に自社商品で起こった肌トラブルへの対応、その他諸々、業務内容は多岐にわたる。

「それにさ、私はリカみたいに明確な志を持ってこの仕事を選んだワケじゃないから。ただ毎日キレイにしてられるっていう安易な考えで選んだからね。で、確かに外見はキレイに見せることはできるけど、一日ほぼ立ちっぱなしだから足は蒸れて超クサい上に浮腫むし……。お客様にメイクしてあげる時の体勢は腰にくるし、人間関係も女ばっかりだから、やっぱそれなりに問題も起こるしね」

「自分が辞めるからって、ここぞとばかりにマイナスポイント挙げてくれるじゃない」

軽く睨んでみせると、香奈は「ゴメンゴメン」と笑いながら謝る。

「勿論、いいところもたくさんあるんだけどね。最近ちょっと年齢的なところで悩むこともあって、自分を納得させる為の辞める理由を考えたりしてたから、つい……」

両手を合わせて謝るポーズを作る香奈を見ながら、こっそり共感している自分に苦笑する。

キレイになる為の手助けをしたくて、一人でも多くの女の子の背中を押したくてこの業界に入ったけど、実際のところは自分が思い描いたものとはズレがあることには始めてすぐに気づいた。

メイクはスキンケア商品を売る為の導入剤のような位置づけで、メイクに時間をかけ過ぎると、勤務先の店主にあからさまにイヤな顔をされる。メイクを施しながらスキンケアの必要性を説き、購入につなげるのが理想の流れだ。

アイカラーや口紅は一つ買うと、よほど意識の高い人でない限り暫く店から足が遠のく。でも、化粧水一本をひと月で使う必要性を説いて購入してもらうと、毎月必ず来店してもらえる。来店頻度が上がれば、それだけ他の商品の説明する時間も生まれて新たな購入につながる。

つけたものは落とさないといけない。肌は自然に浄化されるものではない。だからメイク落としが必要で、そのメイク落としの油分を落とすには洗顔料が必要で、洗顔によって洗い流された潤いを補う為には化粧水、その化粧水で与えた水分が逃げないように膜を張るのが乳液で……という説明を延々とくり返すことは、私の中ではちょっとしたストレスになっていた。

勿論、スキンケアが大事だということは分かっていた。肌がキレイでなければメイクだってのらないし映えない。そんなことは理解している。ただ納得がいかないのは、メーカーや店に〝売りたい商品〟があるということだった。

新製品が発売されると、販売個数に応じて試用見本と称した現品が支給されるキャンペーンが実施されたりする。要はリベートである。店側はリベートを得る為にひたすら新製品を販売する。

新しもの好きで飛びついてくるような人にならなら苦にならないけど、相手が求めてる求めてないに拘らず、とにかくご紹介しなければという空気が漂う感じが好きになれなかった。

そうは言っても、そんなことを考えていたのも最初の二年くらいで、それ以降は、紹介はするけれどそれ以上にお客様が求めているものを提案できるようにと、説明しながらも確実に素早く手を動かす技術を身につけることができた為、それほど苦ではなくなった。そして、本当に紹介だけというスタンスで説明していると、それが良かったのか意外と購入につながったりして、店側からも重宝されるようになっていった。

会社が重きを置いているところに、肩に力を入れずに貢献できるようになってからは、ズレを修正できたように感じてストレスは減っていたし、自分がやりたかったことをできているという満足感を得てもいた。

「リカは？」

「え？」

「リカは結婚しないの？　片桐課長と」

「ああ……うん、まだ具体的には話したことないかな。付き合って一年くらいの頃にそれらしい話は出たことあるけど、とにかく仕事が楽しい時期だったから、なんとなく濁しちゃってそのまま……て感じ？」

「リカは仕事大好きだからね」

信じられないというふうに、香奈は小首を傾げる。

「でも、大丈夫なの？　濁したまんまで……もう三年？　四年、だっけ？　私たち、もう今年三十だよ」

「そうなんだよねぇ……」

フゥ……と小さく溜め息をついた私の肩を突然グッとつかんで顔を覗き込んでくる。

「何ッ？　ビックリするじゃない」

驚くほど至近距離に香奈の顔がある。

——相変わらずキレイなアーモンドアイだな。

ビックリしながらも、私は香奈の左右均整のとれた美しいアーモンド型の瞳に見入ってしまう。気の強い香奈に似合った少しツリ気味のアーモンドアイは、美しい二重でもある。学生の頃、こういう瞳に憧れたな、とボンヤリ思う。

——目力って、きっとこういうことだ。

入社してすぐの研修で初めてスッピンを見た時、メイクをした顔と殆ど変わらない華やかな顔立ちに驚いたことを思い出す。

「こら、何見惚れてんの」

香奈は軽くデコピンしながら、更に目力を強めて私の右目の横を指さした。

「これ、シミでしょ」

「ヤだ、分かる？　ファンデとコンシーラーで完璧に隠したと思ったんだけど」

「美容のプロの目を侮ってはいけませんぜ。隠そうとした痕跡は消せないのだよ」

「やっぱりムリだったか……。参りました」

　私は小さく両手を上げて降参のポーズを取った。

「……そういうことなんだよね」

　香奈はさっきまでの強い視線を緩めると、今度は小さく溜め息をついた。

「なんかさ、毎年春に新入社員が入ってくる度に思うのよね。何のトラブルもないツヤツヤツルツルの肌で、希望に満ちた瞳で、若さ全開で笑いかけてくる彼女たちを見てるとさ、その若さを羨ましいと思う反面、ああ、この子たちにも確実に〝老い〟はやってくるんだよね、て……。当たり前のことなんだけど」

　香奈はもう一度小さく息を吐く。

「最近はさ、四十代、五十代になっても美容部員をやってる人なんてザラにいるから、私たちなんてまだまだ若い方なんだけどさ、なんか、いろいろ考えちゃって……。ただキレイにしていられるっていう理由で選んだ仕事で美容に敏感になりすぎちゃったみたい。微妙な頬のたるみとか、小さな小さなシミの予備群とか、一日の後半に感じるくすみとか、忍び寄ってくる老いにジワジワと追いつめられているような感覚になってきちゃって……。朝起きたら、まずほうれい線の深さをチェックして、目の下のクマをチェックして……そんなことばかり気にしだして、高級な化粧品を使ってみたりするけど、本当は化粧品の限界なんてとっくに知ってしまっていて……。永遠に若くいることなんてムリなのに、若くいないと、キレイでいないと、て強迫観念みたいなものに捕らわれ始めて……そういうのに疲れ始めてたんだよね、きっと。だから結婚を機に、そういうところから離れたかったたっていうのが本当のところかな。この仕事をしてる限り、きっと若さにも美しさにも病的なほどに執着してしまいそうな気がしたんだよね。リカみたいな信念を持ってたら、また違ったのかもしれないけど……」

そう言って、香奈は私の肩をポンポンと叩いた。

「そういうことで、私、上村香奈は今年いっぱいで美容の世界から足を洗います」

深々と頭を下げたかと思うと、顔を上げた瞬間ニカッと笑ってみせた。

「後はリカに任せるわ」

今度はかなり強めに肩を叩いてきた。

「いやいや、あんたが任せるのは私じゃなくて百貨店組から選ばないと」

「だって、百貨店組は私と同じタイプが殆どだもん。ただ自分がキレイにしていたいだけの我が強いタイプばっかだから」

香奈の言い方だと少し語弊はあるが、確かに百貨店組は美容部員の花形ということもあり、そこを希望するのは見るからに気の強そうな美人ぞろいだ。学生時代に出会っていたら、絶対に口をきくことすらできなかったようなタイプだと思う。

香奈とは同期入社で、新人研修でずっとペアを組んでいたから仲良くなったけど、そうでなければ一生交わることのないタイプの様な気がしていた。でも、今の香奈の話で、考えてることは意外と皆同じなのかもしれないと思った。

作りものではなく天然の美しさを持っている香奈でさえ、老いに恐怖を感じ、シミやシワに憂い、新人の存在に辟易としている。いや、天然の美しさを持っているからこそなのかもしれない。生まれてからずっと手中にあったものが影を潜めていくことの寂しさ。途中、棚ボタ式に手に入れた私よりも、そこに対する想いは切実なものなのかもしれない。

私だって知っている。どんなに高級な美白美容液を使っても、完全にシミを消してしまうことはできないし、シワ対策の美容液を使ってもシワはのびない。どれだけ高技術で高額な化粧品を使っても、老化を止めることも消すことも決してできない。そんなことは分かってる。そんなことができるなら、それはもう魔法でしかない。

化粧品は気になる現象を、少し和らげてくれるだけだ。それも、内側のケアを怠っては全て台無しになってしまう。年齢を重ねる度に、そういうことに気づき始める。若い頃は何をしてもしなくても、ある程度肌はキレイを保ってくれる。けれど歳を取ると、そうはいかなくなる。

香奈の言うことはすごくよく分かる。私だって疲れ始めている。三十歳手前の女の心は、なんだかとても忙しい。

全てを諦めるには早すぎるし、かと言ってしがみつくにはもう既に何かが足りない。同僚の寿退社が私に突きつける現実は、とてもシビアで、とても痛い。

「まぁ、頑張るけどね。私にはこれしかないし……わっ、ヤバッ、講習始まる時間だ。香奈、今度お祝いさせて。また連絡する」

「ありがとう。いってらっしゃい」

ヒラヒラと手を振る香奈の笑顔がやけに眩しくて、ドキドキを通り越して動悸のようなものを感じてしまう。トクトクと脳に響くようなその鼓動は、私の中から安穏を削ぎ落としていくような気がして急に心許なくなる。


学生の頃に思い描いた三十歳の私は、普通に結婚して普通に子供を産み、子供の為にキャラ弁を作り、家族の為に夕飯を作る。ダンナ様の稼ぎ次第ではパートにくらいは出てたかもしれないけど、きっと日々の大半を家族の為に費していただろう。

母が私に看護師の仕事を勧めてきた時には、そんな人の生き死にに関わるような仕事は、自分には荷が重すぎてムリだと断った。人一倍心配症で自分に自信もなかった私は、きっと自分の仕事ぶりにも自信が持てなくて、帰ってからも何かミスをしでかしてるのではと、不安から逃れられないような気がしたのだ。

看護師以外の仕事にしても、特にやりたいこともなりたいものもなかった私には、結婚後もバリバリ働くというビジョンは皆無だった。それなのに、まさか仕事を理由に結婚をためらい、二《に》の足を踏む日がくるなんて思いもしなかった。

正式にプロポーズされたワケではない。数年前に、友人の結婚式で感化された隼人が

「結婚」という二文字を口走ったようなもので、なんとなくお互い濁した方がいいような空気を察知して、冗談のように流してしまったのだ。ただ、隼人はその時ちょうど三十歳という年齢もあり、友人たちが次々と結婚していく中で、家庭というものを意識し始めている節があった。

一方で私はチーフになって三年目を迎えて、とにかく仕事が順調で、自分の仕事への姿勢と周囲からの評価が合致しているような手応えを感じている時で、仕事が楽しくて仕方なかった。自分を求めて店に足を運んでくれる人がいることが嬉しかったし、自分が伝えたいことがしっかりと届いているという手応えに満足していた。

誰かに影響を与えられるような存在に自分がなれるとは思っていなかった私は、そんなふうに他人から求められることに誇りのようなものを感じ始めていた。

不毛な学生時代には想像もつかなかった未来を手に入れ、全てが順調であるかのような気がしていた。美しさを手に入れ、誇りに思える仕事を手に入れ、優しすぎる彼氏を手に入れ、日々は疑いようもなく充実していた。

弟のキャラ弁だけを心の拠り所にしていたあの頃とは、全く違う未来を生きていることが不思議でもあり、幸せでもあった。別に学生時代が不幸だったワケではないけど、やりたいこと、なりたいものがあるというだけで、日々の充足度は格段に違ってくる。

昔の私はどちらかと言えば結婚願望が強かったけれど、きっとそれは自分に何もなかったからだ。何者かになれるような才能も想いも持ち合わせていなかった私は、結婚して、子供を産んで、母親になることで自分の存在意義を確立しようとしていたのかもしれない。当時の私がそこまで考えていたかと言えば、決してそこまで明確なものを持ってはいなかった気はするけど、根底にそういう想いがあったことは否めない気がする。

確固たる存在になることを、どこかで強く求めていた気がする。だからこそ、あんなにも親友の行動や思想に敏感に反応して、傷ついたり落ち込んだりしていたのだ。他人の言動が気になって、いろんなことを他人と比較して、また一人勝手に落ち込む。あの心理はきっと、そういう心の表れだったように思う。

――何者か。

意識するとしないの別はあっても、人は皆、その呪縛を抱えているのではないかと、最近の私は感じている。

自分がそこに居る存在意義を、皆どこかで求めている。とてもとても単純に言うと、誰かから必要とされたいと思っているのだ。居ても居なくてもいい存在では寂しすぎる。

社会的地位や富や名誉なんてものでなくていい。ただ、誰かから必要とされる人間でいたいと思うのは、ごく自然な心理なのではないかと思う。一人は寂しいと、ただ単純に思っているだけだ。

そしてあの頃の私は、求められる喜びに満ちていて、結婚の意義みたいなものを完全に見失っていた。そこにすがらずとも、求めてくれる人がたくさんいたから、そしてそれが幸せだと感じ、隼人ともお互いが自立した状態でお互いを尊重し合える、良い関係が築けているようにも感じていた。

けれど、それはあくまでも自分自身の視点での話であって、隼人もそんなふうに感じていたかは分からない。もしかすると隼人は、そんなものを求めてはいなかったのかもしれない。すんなりと家庭に入ってくれる女性を望んでいたのかもしれない。

そんな想いに捕らわれ始めたのは、きっと気づいてしまったからだ。隼人の言動が正しすぎて、本心が全く見えないということに。以前はただただ単純に優しくて正しい人だと思っていたけど、いつからかなんとなく、そこにヒヤリとするものを感じるようになっていて、それは言葉で表現するのはとても難しいのだけど、隼人という人間があまりにもツルンとしているのだ。トゲがなさすぎて、なんだか作りもののように出来すぎている。

付き合うようになってそろそろ四年を迎えるけど、これまで一度も声を荒げることもなければ、イラ立ちをぶつけてくるようなこともなく、ケンカになったことがない。逆に私の怒りやイラ立ちを包んで吸収してくれるような、マイナスイオンのような人だと思っていた。私はいつだって隼人の言葉で安心できたし、落ち着けた。

私にとって隼人の存在は「黄金比率」という言葉に並ぶほどの魔法の存在だった。そして私は無意識のうちに、その存在に甘えきっていたのかもしれない。いちばん大切なことを、見失ってしまうほどに。

「……リカ？　大丈夫？」

マコトの懐かしく優しすぎる声に、私の涙は更に勢いを増す。決壊しまくった堤防は、もうどうやっても修復できず、後から後から涙は溢れ出す。

「……ゴメン……こんな、つもりじゃなかった……」

切れ切れの私の言葉に、マコトはどこまでも優しい声をくれる。

「大丈夫だよ。落ち着くまで待つから、何でもいいから話してみな」

包み込むような視線とその声の響きに、ジワリと胸が熱くなるのを感じる。

マコトは本当に変わらない。昔から温もりのある優しさを常に与えてくれる、とても大きな存在だった。

「……エグッ」

溢れる涙のすきまから声が洩れ出る。

息苦しくて、目の奥も鼻の奥も喉も、つながっている全てが熱く重たく痛い。鼻の奥の熱を取り去りたい。

「……鼻、かんでいい？」

やっとの思いで声を出す。

「思い切りかみな」

マコトがティッシュを差し出しながら笑っている。私もつられて笑ってしまう。

涙と鼻水でグショグショになりながら、とてつもない安心感に包まれる。変わらないものによって突きつけられた変化が誘発した哀しみが、変わらないものによって救われる。

何とも言いがたい感情が胸の辺りで渦を巻く。

全てを、吐き出したい。

そんな衝動に襲われる。何もかも洗いざらい、自分の中に蓄積されつつあるモヤモヤ、生じ始めた疑心、急に襲いかかってくる不安、姿を持たない混沌とした感情までも、全てをぶちまけたい。私は何か、不必要なものまで抱えすぎてしまっているのではないか。そんな想いに捕らわれる。

受け取ったティッシュで思いきり鼻をかむ。鼻の奥が一気にスッキリして、息苦しさから解放される。

こんなふうに心もラクになりたい。

年齢を重ねるごとに、こびりついていく汚れのようなものを感じていた。勿論、物理的な汚れではなく心理的なもののことだ。

ここ一、二年、どんどん心が重くなっていくのを感じていた。充実しているはずの日々の中から、否応なくこぼれ落ちていくものを視界の端で捕らえながら、見て見ぬふりを貫こうとしていたけど、いつまでも誤魔化せるものではない。

「……私は、リカになってよかったのかな」

「え？」

「あの頃は名前に釣り合わない容姿にコンプレックスを抱いてたけど、今考えると、本当は自分以外の誰もそんなことは気にしてなかったんじゃないかと思って……。ただの自意識過剰だったんじゃないか。『月島リカ』のイメージなんて誰も考えてもなかったんじゃないか、て……。私の中で『月島リカ＝《イコール》私』の方程式は成立してなかったけど、他人から見れば、普通に『月島リカ』は私だったんじゃないか、て……」

「うん……？」

「ただの自意識過剰な被害妄想で自分を追いつめて、勝手に悩んで苦しんでいただけで、『月島リカ』のイメージがキリッとした美人だなんて、所詮私だけが思ってたものだったのかもしれない、て。なんか、バカみたいだな、て……」

「……確かにそうなのかもしれないけど、人の悩みなんて大抵がそういうものなんじゃない？　特に思春期の多感な頃なんかは、他人からそんなことないよって言われても素直に受け入れられなくて、全てが深刻で、どんどん自分を追いつめていってしまう。他人の心なんて見えないから、悪い方に考え始めると、きっとそうなんだって、どんどん悪い方に流されていってしまう」

「確かに……」

　相槌を打ちながら、チラリと隼人のことを考える。

　目に見えないものは、どれだけ考えたところで想像の域を出ることはない。それはたとえ言葉にして示されたとしても同じことだ。誤解がとけた時に心は一度は弛《ゆる》むけれど、またどこかで立ち止まる。あの言葉は本当の本心だったのだろうか、と。

「人間って、面倒くさいな」

　ボソリと呟いた私に、マコトは鼻の上に小さくシワを寄せるような笑い方をしてみせる。

「ホントにね。面倒くさい生き物だよね。なまじっか心なんてものがあるばっかりに、小さなことで乱れたり揺らいだりする。何にも誰にも左右されない強い心を持ち合わせていれば、もっとラクに生きれたのにって思ったりするよね」

「マコトでも？」

「勿論。あんた、私を鉄の心を持った女だとでも思ってたワケ？」

「そういうワケじゃないけど……。マコトはいつも冷静でしっかりとしたブレない芯を持ってて、周囲の目なんて気にしないような気がしてたから」

「……芯なんてないよ。私が持ってるとすれば、ただの意地、かな」

「意地？　意志じゃなくて？」

「そう、意地。……何がなんでも両親を喜ばせてやる、て。望みを託した最後の子が女だと分かった時の二人の落胆も知ってるからね。最初は望まれない子なんだって思うと哀しかったけど、なんだかんだ言っても末っ子だからすごく可愛がってもらったのよね。一時はちょっとヒネた時もあったけど、あんなに愛情見せられたら、もう、何があってもこの人たちの喜ぶ顔が見たいって思うじゃない」

　とても穏やかなマコトの笑みを見ながら私は思った。本人は「意地」だなんて表現したけど、そういうのが芯なのではないか、と。

親の愛情をしっかり受けていても、ただそれを当たり前のものとして受け流している人間だってたくさんいる。

マコトの優しさを形成したものが親の愛情であり、そうやって育まれた優しさが「後継」という形で親に還元されているのは、なんだかものすごく真っ当なことのように思えた。世の中には真っ当ではないことがゴロゴロと転がっていて、時々目眩すら感じるほどの絶望を突きつけられることがあるけれど、マコトの真っ当さは、私の心までも健やかにしてくれるような気がした。

「マコトは、やっぱりマコトだね」

「あ、またそこに戻る？」

フフ……とマコトは更に優しく笑う。

――本当の優しさ。

ふと、そんなことを思う。

そしてまた隼人のことを考える。

隼人の優しさが嘘なワケではない。ただ、「優しさ」というのっぺりとした仮面のような手触りを感じる瞬間があって、この人はどこかムリをしてるんじゃないかという気がする時がある。特にここ数ヵ月の隼人は、顔なしのような実体のなさがある。それはあくまでも、私の中のとても感覚的なものであるのだけど。

「隼人の、ことなんだけどね」

切り出した私に、マコトはコクリと頷く。

分かってるよ、とでも言うように。

「……私の後輩を、好きになったんじゃないかと思うの」

「……」

マコトの瞳が少し揺れる。

「確かめたワケじゃないし、決定的な何かがあったワケでもないんだけど、視線がね、その子を追ってることがよくあって……。誰でも目がいってしまうようなキレイな子ではあるんだけど、なんか、それだけじゃない切羽つまったようなものを感じてしまって……。ただの気のせいなのかもしれないんだけど、でも……」

「……でも？」

「その子を見てるときの隼人には、ちゃんと凹凸《おうとつ》がある気がして」

「凹凸……？」

マコトは目が点になっている。

「ああ、ゴメン……、意味分かんないよね」

私は、最近の隼人に対して感じていたツルンとした不確かさみたいなものを、できる限りの表現を尽くして説明した。

「……つまりは、優しく正しすぎる彼はどこか嘘くさくて熱量を感じないけど、その後輩を見る彼の目には熱量が存在してるっていうこと？」

「うーん……、とても簡単にいうとそういうことになるのかな……。嘘くさいとまでは言わないけど、どことなくムリを感じるというか……。私に対しての優しさも決して嘘ではなかったと思うし、正しく生きようとする意志の強さみたいなものは出会った頃から感じてはいたけど、長く一緒に居るうちに出来すぎという感が否めなくなってきて……。そんなところに後輩の美波が入ってきて、少しずつ私から心が離れていったから、そんなふうに感じるようになったのかも、て……」

「確かめないの？　彼の本当の気持ち。今のところ完全にリカの想像でしかないワケだよね？　そこまで泣いちゃうほどだから、本人たちにしか分からない微妙な空気感で伝わってしまう何かを感じ取ってるんだろうけど、でも、不安から悪い想像が膨らんでしまうことだって、よくあることじゃない？」

「そうなんだけど、でも……」

「でも？」

　言い淀んだ私の顔を覗き込むマコトの表情は、やはりどこまでも優しく、温かい。

「仮に隼人が美波のことを本当に好きになっていたとして、私の中で一番の問題は、隼人の心変わりそのものではないような気がして……」

「どういうこと？」

「隼人が美波を選んだということが一番の問題で……」

「その子が嫌いなの？　イヤな子、なの？」

「ううん、そうじゃなくて……キレイで可愛くて、すごくいい子だから大好きなんだけど……」

「……大好き、だから？」

「そういうことでもなくて……。優しさと正しさの塊のような人だと思っていた隼人ですら、二十二歳の若くて誰から見てもキレイな美波を選ぶのか、ていうところなんだと思う。結局、この世の中はどこまでも若さ至上主義、見た目至上主義なんだ、てガッカリしてる自分と、同時にそういうはかりしか持っていない自分に対して、もっとガッカリしてるっていうか……」

「……」

「さっきの話に戻るんだけど……リカになって良かったのかなってやつ……」

「うん」

「私はメイクと出会って、私が思う『月島リカ』になることができて、自信を手に入れた。でも、三十歳を目前に控えた今、忍び寄ってくる老いという影に脅え始めてる自分がいる。鏡を見て、それまでなかったはずの小さなシミやほうれい線に溜まったファンデーションを発見しては溜め息をついて……。で、他人との会話中に相手のほうれい線やシミも、さり気なくチェックしてたりする……」

　そう話しながら、今もマコトのほうれい線を無意識にチェックしている。

「私のはかりは、いつからそういうものになったんだろう。自分よりも若いかどうか、キレイかどうか……見た目ばかりに捕らわれ始めてる。リカになれていたとして、リカになった私とリカになれなかった私では、本当はどっちが幸せだったのかな。メイクの魔法にのめりこんで、私はそれまでのいろいろを放棄した。メイクの技術を修得する時間を得る為に弟のキャラ弁を休みがちになって、塾をやめて、放課後の殆どをメイクの研究の為に費した。自分がキレイになっていくこと、それを評価されることに喜びを感じていたけど、もしかするとそれは、私を本質からどんどん遠ざけるものだったのかもしれない。ファンデーションで膜を張って、アイシャドーや口紅で本来顔にないはずの色をのせて、マスカラやアイラインで目元を強調することで、そうやってコーティングすることで、私は自分自身が作り上げたイメージの『月島リカ』というフィルムを纏っただけで、ただの張りぼてだったんじゃないか、て最近思うんだよね」

「張りぼて……」

マコトはそのワードだけを抜き取ってくり返す。他意も意図もなかったのかもしれないけど、私が強く感じていたその部分をマコトが声に出したことで、よりその想いは強く膨れ上がる。

「……すごく強くなれたような気がしてたんだよね。隙《すき》のないメイクをしてキレイに着飾った自分の姿を誰かに褒められることで、どんどん自信を得て、それまで人の顔を真っすぐ見るのが苦手で自分から話しかけたりできなかったのに、人の目をちゃんと見て話せるようになったたし、心なし姿勢もよくなった気がしてた。で、それが自分にとって良い変化だとも思ってた。前向きになれたし、実際にやりたいことや仕事にもつながって、私は自分の人生を変える素晴らしいものに出会えたと思ってた。きっとそれ自体は間違いじゃないし、そこをモチベーションに仕事に打ち込めたのも事実なんだけど、でも……。刻まれていくほうれい線とたるみによって崩れ始めた輪郭に綻《ほころ》びを感じ始めて、得たはずの自信も萎《しぼ》み始めて、お客さんが私のシミとかほうれい線ばっかり見てるような気がして接客に集中できなかったりすることがあって……。そういうことに気づき始めると、私が得たと思ってた美しさは結局ニセモノだったんだなぁ……とか思ったりしたんだけど、本当はそうじゃなくて、得たはずの〝強さ〟がニセモノだったんだよね。本質から遠ざかってるって言ったけど、そもそも本質っていうものが何なのか分かっていなくて、ただそこから遠いところにいる感覚だけが常にあって、きっと私は、何かをどこかで大きく間違ってしまったんだろうな……、て」

——ニセモノの強さ。

きれいにコーティングしたはずのものが、剥《は》がれていく。

ジリジリとにじり寄ってくる〝老い〟という名の影に、心は大きく乱される。失っていく若さと美しさ。地に足をつけて人生を歩めていると思っていたけど、それは所詮、虚構のものだったのかもしれない。

作り上げられた美しさと、それによって得た自信。そしてその自信が更なる美しさと強さへ結びつくという方程式は、若さを失っていく過程で少しずつ破綻し始めた、そんな綻びに気づいてしまうと、これまで自分が信じてきた価値観が途端に揺らぎだして、絶対の自信を持っていた接客にも影響が及び始めていた。

大してキレイでもないのに美容部員をやっていると思われてるんじゃないか。そんな想像に行きついて、突然不安と恐怖に襲われて客の目を見れなくなる時があったり、若くて美しい客が来店すると萎縮しそうになったりして、このままではダメだと感じ始めているところに隼人の心変わり疑惑が浮上した。しかもその相手が若くて美しい後輩だということに、確証のないまま深く傷つき、なんだか四面楚歌のような気分になってしまっている。

「私ね、スッピンで近所のコンビニに行けないの。フルメイクとまではいかないにしても、最低ファンデとマスカラはつけないと、おどおどして店員さんの目が見れないの。仕事帰りにフルメイクで立ち寄った時には少し上から目線になるくせに、スッピンだと途端に気弱になるの。それって何か、人として根本的なところを間違ってるよね。美しくないと人として認めてもらえないとか、そんなことを思ってるワケではないんだけど……、いや、どこかで思ってるってことなのかな。そういう感覚を持っている私が、他の誰よりも美しいかそうでないかで優劣をつけようとしているのかもしれない。そういうことに気づいてしまうと、自分がひどく小さな人間だということを思い知らされて、時々吐き気にも似た嫌悪が湧き上がってくるのと同時に、隼人に対して感じたのっぺりとした仮面のような手触りの正体は、私のそういう感情が作り出したものなのかもしれないって思うようになって……」

「どういうこと？」

「隼人の優しさも正しさも、私がメイクで得た美しさと同じように作られたもので、本当の心の中は全く違うんじゃないか、て……。正しくて優しさの塊のような人からの裏切りはあまりに辛くて、それならばいっそ、表には出さないだけで本当は心の中には汚い部分をたくさん持ってて、人間らしくドロドロした人からの裏切りの方が救われるような気がして、自分を守る為の手段として、そんなふうに考えたんじゃないか、て……」

「……なんか、複雑だね。分からなくはないけど」

「本当の隼人は優しくも正しくもなくて、恋人が歳を取って衰え始めると、あっさりと若くて美しい子に乗り換えるような人なんだって、思いたかったんだと思う。そういう人だと思えば、それほど傷つかないんじゃないかと思ったのかもしれない。でも、そんなふうに考えたところで、自分自身の心の在処に疑問を感じて……。私は一体何に傷ついて、何から自分を守ろうとしているのか。私の傷つき方はなんだか正しくない気がして……」

「傷つき方が、正しくない……？」

「私はきっと隼人を失うことを恐れてるんじゃなくて、若さを失っていくことに一番恐怖を感じてる。で、自分が失いつつあるその若さに隼人を奪われることに傷ついてるんじゃないか、て」

言葉にして吐き出すことで、得体の知れないと思っていたもやもやとした感情が、驚くほど明確になっていく。でもそれは、マコトという存在によるところが大きいのだと私は知っている。だからきっと会いたかったのだ。

学生時代、もう本当に呆れるほど不毛なことを語り合った相手だからこそ話せる本音があって、導かれる真実がある。それがたとえ自分の汚い部分であっても、ためらいなくさらけだせる。

「ねぇ、美人投票って知ってる?」

唐突な質問に、マコトは要領を得ない表情をしながら答える。

「……確か、証券用語だよね? 自分が最も優れてると思った企業の株じゃなくて、他人から人気を集めそうな企業の株を買うのが有効ってやつ」

「そう。ケインズが株式市場の行動原理を、イギリスの新聞で行われてた美人コンテストに例えたやつね。その美人コンテストでは、最も投票が多かった人に投票した人たちに賞品が与えられるから、投票者は自分が一番美しいと思う人じゃなくて、他人から人気を集めそうに思われる人に投票するようになるって……」

「うん……?」

「最近はさ、投資家だけじゃなくて、一般の消費者にもその傾向があるらしいよ。自分が本当に欲しい服より、後で売ることを見越して中古市場で売れやすい服を買う人が増えてるんだって」

「……何の話だっけ？」

マコトはまた目が点になっている。今日はこんな表情ばかりさせてしまっているな、と思いながらも私は続ける。

「そもそも私が隼人を選んだのも、結局そういうことだったんじゃないか、て……。どうしようもなく好きだからというよりは、誰から見ても優しくて正しい、しかも何気にイケメンという理想の彼氏像みたいなものを隼人に感じたからのような気がするな、て。自分が本当に欲しいものではなくて、他人から見て、欲しいと思われるようなもの、羨ましいと思われるようなもの、そこに価値を見出すようになってしまってたのかも。好きという気持ちに嘘はなかったけど、そういう打算的なものが働いたことも否めない気がするんだよね。だからこそ、正しくて優しい人からの裏切りは衝撃で、でも傷つき方のベクトルが明らかにおかしくて、隼人の心が離れていくことを純粋に哀しんでるんじゃなくて、美波という若くて美しい子に気持ちが向かっていることにショックを受けて傷ついてる。全てがそこなんだなぁ、て……。『月島リカ』のフィルムを纏った私は、なんだかとても嘘くさくて、薄っぺらいなぁ、て……」

自分が発した「薄っぺらい」という表現が的を射すぎていて、少し可笑しくなってくる。

「ホント、薄っぺらい……。どれだけ頑張ってコーティングしたところで、中身が伴ってなければそれは簡単に剝がれていくものだっていうことに、どうして気づかなかったんだろう。見た目ばっかり、上辺ばっかりで、中身は学生の頃から何も成長してない……。いつだって根底にあるのは他人から見られている自分で、他人から見て充実しているかどうか、幸せかどうか、価値も評価も全てが他人ありきで、自分が本当に欲しいもの一つ見つけられない薄っぺらい人間のままだった。リカになったかどうかなんて関係なくて、全ては私のマインドの問題だったんだよね」

メイクをすることで少し上乗せされる気持ちだったり、評価だったりというものが本質ではないような気がしていたけど、メイクをすることで一つ乗っかる人格もまた、裏を返せば本質なのかもしれない。メイクをしても振る舞いが全く変わらない人もいれば、私のように強気に少し上から目線になるような人もいる。見た目だけで左右されるそのマインド自体も、本来その人が持っているもののような気がする。きっとそれが、私が持つ本質なのだ。

「リカは、相変わらず真面目だね」

なんとなく哀しい結論に着地し始めたタイミングで、ずっと黙って聞いていたマコトが意外な言葉を放つ。

「真面目？」

驚いた私がその言葉をくり返すと、マコトはニッコリと頷いて、キッパリと言い放つ。

「うん、とっても真面目。それが、私の大好きなリカのいいところだよ」

「いいところ……。こんなに薄っぺらいのに？」

「薄っぺらいかどうかじゃなくて、そこを真剣に悩んで苦しんでるところが、真面目でいいところなんだよ。世の中には薄っぺらい人間なんて数えきれないほどいるよ。何も考えずに親のスネをかじり続けている人もいれば、他人のことなんて全く考えずに自分だけが良ければそれでいいと思ってる人だってたくさんいる。でもリカは、昔から周囲のことをちゃんと考えて生きてる。誰かの役に立ってなければ存在してたらいけないくらいの勢いだったよね。そういうのって、なかなか思えることじゃないと思うよ」

「……それは、あまりにも自分が空っぽで何もなかったから、せめて何か人の役に立ってないと、て思ってただけで……」

「そういうところが真面目なんだってば」

フフ、とマコトはいつもの笑みをもらす。

「それにリカは薄っぺらくなんてないよ。薄っぺらい人間が、あんなにメイクの勉強を頑張れないよ。他人をキレイにする為になんて頑張れない。リカがチーフになった頃さ、私思ったんだよね。リカは天職に出会ったんだな、て。そんなに頻繁に会うワケじゃなかったけど、会った時にはリカはいつも楽しげで、すごくキラキラした目で仕事の話をしてて、すごくキレイだった。それは化粧をしてるから美しいとかそういうことじゃなくて、なんだか本当に充実感に満ちて輝いてるような美しさがあって、実はちょっと羨ましかった」

「羨ましい？　マコトが私のことを……？」

意外な言葉の連続に戸惑っている私をよそに、マコトは更に続ける。

「あの頃、私はまだ研修中で夢半ばだったからさ、そういうリカの姿を見て密かに焦ってたんだよね。先越されちゃったなぁ、て。でも、だからこそ私も頑張れた。今ちゃんと挫けずに歯医者をやれてるのはリカのおかげだよ。悔しいから一生言ってやらないって思ってたけど」

そう言ってマコトは軽く舌を出してみせた。

「だから、自信持ちな。リカは薄っぺらくも空っぽでもない。ただ一つ、他人の目っていう呪縛に溺れてしまうところは最大の欠点だよね。そこはホント、昔から変わらない」

意地悪く笑いながら、完全に氷の溶けた色の薄いアイスコーヒーをする。

「うわ、マズ……」

マコトの顔がしかめっ面になる。

「ゴメンッ。私が長々と喋ってたから、飲むタイミング逃しちゃったね」

クスリとマコトは笑う。

「そういうところも大好きだよ」

「え?」

今度は私の目が点になる。

「自分のせいじゃないことまで自分のせいにして謝ってしまうような生真面目さね。リカはホントにいいヤツ。きっと繊細すぎるんだよね。だから他人の目も必要以上に気になるんだよ。でも、きっとだからいい仕事ができるんだと思うよ」

「見たことないのに分かるの？　いい仕事してるって」

　膨れて見せた私に、マコトはきっぱりと言い放った。

「分かるよ。いい仕事してなきゃ、あんなにキラキラできないよ。ましてや人一倍、他人の目を気にしてビクビクしてたリカが、自信に満ちた表情で楽しそうに仕事の話をするもんだから、本当の本音を言うと〝ちょっと〟じゃなく〝ものすごく〟羨ましかったんだから。その時に、人って変わるんだなぁ、て思ったよ。私が言った『リカがリカになる』は、そういう意味だからね」

「え？」

「見た目がどうとかじゃなく、キリッとした大人の女性になったなぁ、て。化粧をしててもしてなくても、今のリカなら、ちゃんとキレイだよ。歳を取って衰えていくことには誰も抗えないけど、シミやシワで損なわれるようなニセモノの美しさじゃなくて、リカが手に入れた美しさはホンモノだよ。ちゃんと中身の伴った、本当の美しさだと思うよ。自分を必要以上に低く評価するのは昔からの悪い癖だよ。まぁ、その謙虚さはリカの長所でもあるんだけど、すぎるところは紛れもなく短所だよね」

　フゥ、と軽く息を吐きながらマコトは小さく笑う。仕方ないな、とでも言うように。

「そのままでもいいとは思うけど、リカがしんどいんじゃないかと思って時々心配になるよ。実際、今日みたいなこともあるワケだし」

「心配」と言いながらも、マコトはニヤリと笑って私のミックスジュースに手を伸ばす。

「ウマッ。このミックスジュース、濃すぎて実はちょっと苦手だったんだけど、リカの長話のおかげでちょうど良い具合になってるよ。……てか、どれだけ濃厚だったの？」

マコトは一気に飲み干すと、近くにいたスタッフに新たなミックスジュースとアイスコーヒーを注文して、もう一度ニヤリと笑った。

「おかわり分はリカの奢《おご》りね。リカの長話のおかげで得しちゃった」

「長話」と連発しながら、からかうように私を覗き込んでくるけれど、その表情は優しさに満ちている。

いつだって、そうだった。私が落ち込んでる時、悩んでる時、前に進めなくなった時には、いつもマコトが助けてくれた。

社会に出てからは会う機会が減って、学生の頃のような濃密な時間を過ごすことはできなくなっていたけど、マコトの優しさは変わらない。昔からマコトの優しさに癒され、意志の強さに憧れた。

大好きで誇れる友達だから、自分も負けないように頑張らないと、て思えた。でも、どこかで自分だけがそんなふうに思っていて、マコトに対して自分は何の影響も与えられていないような気がしていたから、マコトが私のことを羨ましく思っていてくれたこと、仕事を頑張ってる私を見て焦りを感じていたこと、それを励みに頑張っていたということ、それら全てが嬉しくて仕方なかった。お互い同じように思っていたことが嬉しかった。

そして当たり前のことだけど、あんなにも近くに感じていたマコトですら、心の中までは知りえていなかったということを思い知る。他人の心の中なんてどう頑張っても見えない。言葉と心、行動と心が裏腹なことだって多々あって、目に見えるもの、耳に届くものが真実かどうかなんて分からない。他人に悟られないように自身がフィルターをかけることもあれば、相手が勝手に妄想というフィルターをかけて真実から遠ざかることだってある。

目に見えない、とても厄介なものを相手にしてるのだから、確証のないまま、わざわざ自ら進んでネガティブな方に流されて苦しくなるのが、バカバカしく思えてくる。小さなマイナス要素に自らつまずいて、大きく怪我をするのはもうやめよう。そんなふうに思うと、急に心が軽くなってくる。

「マコトって、歯医者にしとくの勿体ないよね」

「え？」

運ばれてきたアイスコーヒーを受け取りながら、マコトは怪訝な顔をする。

「私にとってマコトは、歯医者じゃなくて精神科医だな。私のかかりつけ医だね」

「それは困った……。なかなか手強そうな患者さんで」

「どういう意味よ」

「そのままの意味だよ」

マコトは笑いながらまた舌を出す。

「ありがとう」

私は真剣な顔に戻って、何のフィルターも持たないその言葉をマコトに届ける。

「どういたしまして」

マコトも真顔になったけれど、またすぐにイタズラな笑みに戻って、こう言った。

「よく眠れるお薬、出しときましょうか？」

「もうッ……」

学生の頃に戻ったかのような、懐かしい時間だった。

私たちはそれぞれ、新たに届いたミックスジュースとアイスコーヒーを手に取った。ドロリとした冷たい液体が口の中を満たす。喋りすぎて渇いた口には濃すぎて、慌てて水を含むと、ミックスジュースはサラリと喉へと落ちていった。

「確かに……これ、薄くなっても全然イケる」

「でしょ？　アイスコーヒーは断然こっちだけどね」

マコトは淹れたてのアイスコーヒーを満足そうに飲みながら外を眺めていた。

九月も終わりに近づいているというのに、日中はまだまだうだるような暑さが続いていた。永遠に夏が続くかのような錯覚を起こしそうになったけれど、夕方五時を過ぎた陽光は急速に翳《かげ》りを見せ始め、一気に秋の気配を連れてくる。青空を残しながらも、うっすらと紫やオレンジに染まった雲が点在していて、少し寂しげな郷愁めいたものを想起させる。

道を挟んで向かいにある公園に目をやると、帰り支度を始める数人の子供たちの姿が見えた。小学二、三年といったところだろうか。無邪気に手を振り合って、ちりぢりに帰っていく。

ふと思う。あの頃の私は、どんなふうだったろうか。既に容姿にコンプレックスを感じていたのだろうか。それとも、リカという名前に何の疑問も持たずに、あんなふうに無邪気に笑っていたのだろうか。定かな記憶ではないけれど、あの頃はまだ、リカという名前に対する特別な感情は何ら持ってはいなかったような気がする。

歳を重ねるごとに自我が強くなっていく過程で、それは生み出されたような気がする。自我と共に何かを背負い始めるタイミングというものが、人間にはあるのかもしれない。

いつまでも無邪気ではいられないことに寂しさを感じながら子供たちの背中を見送っていると、子供たちを瞬時に抜き去っていく後ろ姿が視界に飛びこんできて、一瞬目を疑う。

「ねぇッ、今の人、見た？」

「え？　何？　誰？」

私の勢いに気圧されて、マコトはキョロキョロと視線を動かす。

「小学生を追い抜いてったニッカポッカの人」

「ニッカポッカ……ああ、ケンジのことか」

「知り合いなの？」

「うん、近所の土建屋の息子。リカも知ってるでしょ」

「ああ、高井さん？」

「そう、高井土建の長男だよ。ケンジがどうかした？」

あまりにも事もなげにマコトが言うから、私は自分が見たものがそれほど不思議な光景ではなかったのかと思いかけて、そんなことはないだろうと思い直す。

「ニッカポッカにヘルメットまで被って、かなりのスピードで走り抜けていったけど、あれって彼のランニングスタイルなの？　一瞬でよく分かんなかったけど、腕にスマホもつけてるみたいだったけど……。ニッカポッカって、走るのには不向きだよね？」

「ああ……、うん。確かにランニングスタイルと言えばそうなるのかな。あの子さ、もともとスポーツ好きで、働き始めた頃は休日に野球やったりサッカーやったりよくしてたんだけど、去年結婚して子供ができてからは、子供が可愛すぎて休日に予定入れなくなっちゃったらしくて、運動できなくなった分、現場から走って帰ってくるようになったみたいだよ。今は確か、車で十五分くらいの所が現場だって言ってたかな。そこまでして走りたいもんかね。私には分からない感覚だけど、頑張ってるよね」

もうとっくに姿は見えないのに、マコトは見送るように彼が消えていった方向を眺める。

「え、その距離を毎日あの格好で走ってるってこと？　あんな裾の広がったもの穿いてたら引っかかってコケそうじゃない？」

「最初は確かに走りにくかったみたいだけど、今はそれが逆にいいみたいに言ってた」

「逆に、いい……？」

腑に落ちない私の反応に、マコトはクスリと笑う。

「ね、フツーはそういう反応になるよね。私も最初そう思ったから、いろいろ訊いたんだよね。走りにくくないのかとか、作業終わりに着替えればいいんじゃないかとか、お節介なことをアレコレ言ったんだけど、ケンジはキッパリと言い切ったんだよね。着替える時間が勿体ないし、これで走ることで足さばきが鍛えられるからちょうどいいんだ、って。……でもさ、実のところ足さばきを鍛える必要なんてないんだよね」

「どういうこと？」

「昔はさ、現場の作業着と言えばニッカポッカが主流だったんだけど、今はイメージが良くないっていうのと動き辛さから平ズボン着用ってところが増えてて、禁止されてるところもあるらしいんだよね」

「そうなの？　じゃ、なんでそんなにニッカポッカに拘ってるの？」

「そこなんだよね。ケンジは子供の頃すごいお父さんっ子でさ、よく現場にも連れて行ってもらったりしてて、父親が現場で働く姿をずっと見てて、その背中に憧れてるようなところがあったから、その当時主流だったニッカポッカに対する愛着が強いみたいなんだよね。そこだけは譲れない、みたいな」

「なるほど……」

聞きながら私は、マコトの家と重なる部分を感じていた。そして、働く父親の姿に憧れる子供の姿ってなんだかいいな、と思う。

「まぁ、そんなケンジも学生の頃にはちょっと手をつけられないくらい荒れてた時期もあったんだけど、なんだかんだで親元で働くようになって、今や二十二歳にして一児の父親……しかも超子煩悩」

そこのところでマコトは小さく吹き出したけれど、すぐに情けない表情になる。

「まさか、ケンジに先越されるとはね……」

「二十二歳か……。若いね」

そう呟きながら、若さ故の向こう見ずな強さみたいなものに一瞬打ちのめされそうになったけれど、すぐに「違うな」と思い直す。年齢なんてきっと関係ないのだ。いくつであっても、好きなものをちゃんと選べる人は選べるし、選べない人はいくつになっても選べないのだ、と。

どこかで明確な意志を持って変えよう、変わろうとしない限り、きっと変われない。人の目をいつまでも気にしていては、私は本当に欲しいもの一つ選べないのだ、と。

ニッカポッカにヘルメット姿でガチで走る姿というのは、きっと人目を引くだろう。多少なりとも好奇の目で見られることもあるだろう。それでも彼は、憧れだった働く父親の象徴でもあるニッカポッカを穿き続けることを選び、愛する我が子の為に着替える時間を惜しみ、自分自身の走る欲求まで同時に満たしてしまう。

「……アグレッシブだね」

無意識のうちに口から出た言葉は、なんだか矢のような速さで私の心に突き刺さる。自分に足りないものを、今さらながら強く思い知る。そうだ、私の人生には圧倒的にそれが足りなかったのだと。

基本的にいつも受け身だった。他人からどう見られているかを気にして、やりたいことをやりたいと言えないことが多かった気がする。そしてそういうことを続けているうちに、やりたいことすら見つけられなくなってしまってた。きっと心にフタをしてしまってた。

そんな私が、唯一自分から強く求めて手にしたのが美容部員という仕事だったはずなのに、また他人の目を気にしてネガティブな方へ引っぱられるところだった。

どこかでほんの少し、ベクトルの向きを間違えてしまったのかもしれない。他人の「キレイ」のお手伝いをと、そう思っていたはずなのに、その為には自分が若くキレイで居続けないといけないという強迫観念に捕らわれすぎてしまって、そのエスカレートした気持ちが、逆に自信を失っていくという裏腹な結果を招いてしまった。

昔から、考えすぎて、思いつめて、自ら沼に落ちていくという悪い癖がある。自分の習性として理解していても、それを正すことは難しいもので、どこまでも沼の底を這いずりまわるような時期がある。ただ、それも何かきっかけを得ることができれば、意外と簡単に抜け出せることもあったりして、学生時代に私が得たきっかけが「黄金比率」という魔法の言葉だった。それなのに最近の私は、また沼に半身が浸かったような状態になってしまっていた。

だけど今日、私はまたきっかけを手にした。

「ニッカポッカ記念日」

ボソリと呟いてみた。

「何、それ？」

マコトは笑う。

「うん……、なんか、爽快だな、と思って。今まで悩んでたいろんなことがバカらしく感じてきちゃった」

「うん……？　何がどうなってそうなった？」

マコトは小首を傾げる。

「私も、ニッカポッカを選ぶよ」

「はぁ？」

いよいよワケが分からないというようにマコトは笑う。でも、きっと伝わってる。私の中に起こった変化が。

他人による身勝手な評価や、世間一般の「こうあるべき」に気を取られて、好きなものを選べなかったり手放してしまうなんてバカげてる。きっと、好きなものをちゃんと好きでいることが、強く生きる糧になる。時に薄めたり濃縮したりしながら好きを持続させることができれば、その先に見える何かはきっとあると信じたい。もしかすると、その先に何もない可能性だってある。だけど、軽い気持ちで得た何がしかよりも、本気で求めて得たものの方が価値がある。そして仮にそれが掴めなかったとしても、本気で追いかけたということが自信につながる。私が私として生きる為の自信になる。

手に入りそうなもの、評価を得られそうなもの、そんな判断基準は自分自身を生きるのに必要ではないということに、どうして今まで気づかなかったんだろう。気づかずにいられたんだろう。

売れる服なんて、いらない。

自分が着たいと思う服を選べばいい。他人から見てキレイかどうか、ダサいかどうか、羨ましいと思われるかどうかなんて関係ない。そもそも他人が思ってることなんて自分の想像でしかないのだから、そんなことを考えたところで、あの頃と同じようにただ不毛な時間を過ごすだけだ。他人がどう思ってるかを想像することよりも、自分の心の声をちゃんと聞くことの方が大事だし、意味がある。

全ては自分の感覚で選び取ればいい。

価値観は人それぞれで、きっと正解なんてどこにもない。物ごとの本質はいろんなところに潜んでいて、真実は一つではなく多面的なもののような気がする。世間一般の常識だって、本当は疑うべきなのかもしれない。人間が作ったものなんて、所詮綻びだらけなのだから。

この世の中の慣例も文化も風土も全て人間が作ったもので、美しさの基準もやはり人間が作ったものだ。時代や土地が変われば、美しさの基準も変わる。

私が見ている世界はとても小さい。とてもとても狭い世界の、もしかするととても偏った価値観の中で、私たちは生きているのかもしれない。そんなふうに考えると信じられるものなんて何ひとつないような気がしてくる。

自分が何を好きで何が欲しいのか。結局のところ自分が証明できる真実はきっとそれだけなのに、いろんな他人の声にかき消されてしまう現実があって、しかもその他人の声を、疑心暗鬼から自ら作り上げてしまうことがあるからまた厄介だ。

「人間って、本当に面倒くさいな」

「今日のトレンドワードだね」

マコトは相変わらず優しく笑っている。

「本当に面倒くさい……。目に見えないものにまで思いを巡らせたりするからしんどくなるのに、分かってても考えてしまうんだよね。自分に自信がないと、余計にそうなってしまうのかもね」

「そうかもしれないね。揺るぎない自信を得る為には、それを裏付けるだけの行動が必要だからね。……ま、根拠のない自信に満ちたサムイ人もたくさんいるけどね」

そう言ってマコトは肩をすくめる。

「リカは自信を持っていいだけの裏付けを持ってると私は思うよ。根が真面目だから、やると決めると手を抜けない性質《たち》でしょ？　メイクに全く興味のなかった真っ新な状態からのスタートダッシュは凄まじいものがあったよね。リカ自身がどんどんキレイになっていったかと思えば、自分がキレイになるだけでは飽きたらず、人をキレイにしたいとか言い出して、なんだか知らない間に専門学校への入学を決めてて、そこから美映に就職しちゃうんだから……。そのアグレッシブな展開には感動すら覚えたよね。目指すものができると、人って強くなるんだなって思ったし、私もちゃんと強くなろうって思えた」

――アグレッシブ。

そうか、あの頃の私はやっぱりアグレッシブだったのか。自分でもあの頃が、私の三十年の人生の中で最高にアグレッシブな時代だったと思っていただけに、その言葉は胸の辺りにストンと収まって、ジワリと熱を宿した。ニッカポッカの彼を見て自分が発した「アグレッシブ」とはまた違った熱量が生まれる。

自分の人生において圧倒的に足りないと思っていたそれを確かに持っていた瞬間を、第三者として見ていてくれた人のその言葉の響きが持つ熱量は、私をひどく動揺させる。ジワジワとこみ上げてくるものを感じて、鼻の奥がツンとなるきな臭い感情が、プップツと泡立ちながら喉元にせり上がってくる。

――どうして。

心の中で呟いただけのつもりが声に出してしまっていたようで、マコトが私の顔を覗き込む。

「どうして、いろんなことを簡単に忘れてしまうんだろう。大事にしたかった気持ちも、想いも、願いも。たとえ形は覚えていても、温度は時が経てば忘れてしまう。いつまでも熱いままではいられない。……その熱量を、覚えていたいのに」

あの頃、確かに私はかつてないほどの熱い気持ちを持って、自分の人生を切り拓こうとしていた。自分がやりたいことをやりたいからやるという、とてもシンプルな思考で動けていた。他人から評価されることは単純に嬉しかったけど、評価の為に動いていたワケじゃない。動いた結果の評価だった。それがいつの間にか、自分の想いよりも評価されることに重きが置かれるようになってしまっていたのかもしれない。

「ちゃんと忘れずにいたい。自分の本当の気持ちがどこにあるのか。自分が何を好きで、何をやりたくて、誰と居たいのか。外野の言葉で気持ちよくなったり不快になったり落ち込んだり、思うことはたくさんあるけど、そんな声に惑わされない、流されない強さが欲しい。いつでもちゃんと選びたい。本当に欲しいと思うものを。他人から見れば不要だと思うものでも、理解されないものでも、それを迷いなく胸を張って選べるように、熱い気持ちを持ち続けたい。忘れたくない」

いつでも、ニッカポッカを選べる自分でいたい。

「いいんだよ、忘れたって。人間は忘れる生き物なんだから。だからこそ生きていけるんだから。ずっと熱かったら焦げちゃうし、燃えつきちゃう。忘れそうになったら、また思い出せばいい。時々思い出して、それを原動力にして動けばそれでいいんだよ。誰だって、そんなにずっとは突っ走れないし、突っ走れなくていい。もしも身動きがとれなくなったら、その時はまた会いにおいでよ。ね？」

危うくまた涙腺が決壊しそうになったけれど、すんでのところで堪えて私は小さく頷いた。マコトの優しさに、今日は何度救われただろう。

「……そうだね。マコトに会えば、きっと思い出せるね。今日みたいに」

「そうだよ」

「今日はダブル記念日だな」

私の呟きにマコトは、「また記念日？」と笑う。

「今度は何記念日なの？」

「……マコト記念日」

「はぁ？　何、それ」

マコトは呆れたように笑っている

「うん……なんか、マコトの存在って偉大だなぁ、と思って……。それが再確認できた記念日……みたいな？」

照れ隠しのように「みたいな？」とつけてみたけれど、これもまた一切のフィルターを持たない本当の気持ちだった。

私たちが学生時代、どうしようもなく不毛なことを語り合った果てしない放課後は、決してムダじゃなかったし私たちを確実に成長させた。そういう時間を共有できた相手がいるということが幸せなことなのだと、改めて感じた。今日、なんだかどうしようもなくマコトに会いたくなったのは、きっとそういうことなのだろうと思った。

「ありがとう」

もうその言葉以上のものは見つからなかった。照れ隠しも誤魔化しも必要ない。心と一ミリの誤差もないその言葉を受けて、マコトはニヤリと笑う。

「どういたしまして」

――ああ……。

やわらかい安堵の中で「大丈夫だ」と思う。

今日の気持ちを忘れそうになっても、進む道を見失っても、外からの雑音に時に心乱されても、私にはマコトというまるで陽だまりのようなあたたかい場所がある。

自分以上に自分のことを理解し、信じてくれるマコトの存在に、私はきっと今までも何度も救われてきた。あまりにも当たり前の存在で普段は意識していなくても、常に心のどこかにその存在はある。それは少なからず、マコトの中の私の存在もそういうものなのではないかと思う。たとえ近くにいなくても、お互いが心のどこかで支えにしている。そう考えると、なんだかとても心強くなってくる。

「私、隼人とは別れようと思う」

マコトはただ頷くだけで何も言わない。でもきっと私の心の在処を知っている。

隼人の気持ちが何処にあるのかではなく、自分の気持ちが何処にあるのかが一番重要なのだとうすうす気づいていながら、どこかで自分を正当化して被害者になろうとしていた。

「私は信じるものを間違えてしまったんだね」

「信じるもの……」

「他人からの評価なんて大半が身勝手で不確かなものなのに、私はそれを信じて、自分が努力の上に手にしたスキルを信じ切れなかった。どこまでも他人の目から逃れられない弱さが、私の仕事に対する情熱や自信を奪っていって、ただ衰えていく容姿だけに意識が集中していってどんどん怖くなっていたけど、私が信じて守るべきものは、手に入れた見た目の美しさなんかじゃなくて、人にギフトを贈ることのできる技術のはずだった。自信を持てない人の背中をそっと押せるような、そんな接客のスキルを必死に磨いてきたはずだったのに、自分が自信を失くしてしまったらどうしようもないよね」

フゥ……と、一つ息を吐く。

「もう、大丈夫。私、やっぱり今の仕事が好き。これからもっと歳を取って、たとえシミやシワが増えて、たるみから大きく輪郭が崩れたとしても、そんなことで私がこれまで培ってきたものが簡単に壊れるはずない。私、これだけはちゃんと頑張ってきた自負がある。私は私が思う〝キレイ〟を伝えていきたい。外見の美しさを作ることは、ただのきっかけにすぎないんだよね。自信がなくて前に進めない人たちが、ほんの少しの自信と勇気を持てるように、踏み出せるように、頑張る」

そして、私自身も強くなろう。美しさはただのきっかけのはずだったのに、いつのまにかそれを拠り所にしてしまっていた。

原点に、立ち返ろう。


「ただいま」

弟の玲央が帰ってきた。

「おかえり」

私がリビングの方からひょっこり顔を覗かせると、玲央は大袈裟なほど驚く。

「おおッ……帰ってたんだ」

今回はマコトに会うだけの予定だったけど、マコトと話してるうちになんだか家が懐かしくなってしまって、急遽立ち寄ったのだ。

「母さん、まだのはずなのに電気点いてるからおかしいと思ったんだよね」

「お母さん、夜勤とかじゃないよね？」

「うん、七時頃に帰ってくる」

何の確認もなく帰ってきたから、それを聞いて少し安堵する。特に話したい何かがあるというワケではないけど、母の存在はそれだけでどこか安心感がある。

「久しぶりだね。元気？　学校はどうなの？」

玲央はこの春に高校を卒業した後、地元にある料理の専門学校に通っている。将来は自分の店を持ちたいらしい。

「うん、まぁ、ボチボチだよ」

「何、そのボチボチってのは……。いいのか悪いのかどっちなのよ？」

「おおむね順調だよ」

「おおむね順調……なんだか可愛くない言い方するわね」

「そぉ？　フツーだよ、フツー」

リビングまで入ってきた玲央と向き合い、私は少したじろぐ。

「あんた、またデカくなってない？」

正月に会った時よりも明らかに見上げる角度が急になっている。

「遅れてやってきた成長期なの？」

玲央は小学生の頃は身長順に並ぶと大概クラスで前から二、三番目というところで、中学時代もそれほど目覚ましい成長は見せなかったくせに、高校二年生くらいから急に大きくなり始めて、それからは帰省の度にこんなやりとりがくり返されている。

からかい半分の私に、玲央は「ウザイ」と言いながらソファにドカッと腰をおろす。

「何しに来たの？」

「なんかヤな感じね。姉の帰省に明確な理由がないとダメなワケ？」

「そういうワケじゃないけど……。正月以外は用事がないと帰ってきたりしないから」

ごもっともな指摘に深く頷く。

「マコトと会ってたんだよ」

「えッ、いいなぁ……。オレも会いたい！　マコちゃん、元気だった？」

ソファに完全に預けてたはずの上半身を勢いよく起こす。

「あんた、昔からマコトのこと大好きだよね」

学生時代、マコトはよくウチに遊びに来ていて、母とも玲央ともすっかり仲良しだった。マコトは四姉妹の末っ子で、弟や妹という存在に憧れを持っていたから、玲央のことは本当の弟のように可愛がってくれていた。

「だって、マコちゃん優しいんだもん」

「コラ、それって私が優しくないみたいに聞こえるじゃない」

「そんなこと、ひと言も言ってないじゃん。姉ちゃんは相変わらず被害妄想強めだね」

「被害妄想……強め？」

予想外のひと言に敏感に反応する。

「あんた、私のこと被害妄想が強いって、昔からずっと思ってたの？」

玲央は私の勢いに気圧されたように頷き、「もしかして、自覚なし？」と驚いた顔を見せる。

「姉ちゃんは昔から自己評価低めの被害妄想強めだったじゃん。オレの同級生からは姉ちゃんの評判めちゃめちゃ良くて羨ましがられてたのに、当の本人は謙虚がすぎるというか、見ようによっては慎ましいんだけど、角度を変えるとヒクツというか……」

「え？　私って玲央の同級生から評判良かったの？　初耳なんですけど。ていうか、あんた、私のことそんなふうに分析してたの？」

十歳以上も離れた弟に、そんな分析をされていたことにショックを受けて項垂れる。

「少しは自覚あるのかと思ってたわ」

玲央は呆れたように言う。

「いや、ちょっと、整理しよう……。被害妄想は確かに学生の頃から異常に強くて、さすがに自覚もあるよ。……で、自己評価が低いとは、今日マコトにも言われた……」

「だろ？　さすが分かってるね」

「うん……、でも、そこじゃなくてさ。ヒクツっていうのもひっかかってはいるけどそこでもなくて……。私、なんで評判良かったの？　あんたの同級生なんて歳が離れすぎて全く接点ないんだけど」

「弁当だよ」

「弁当？　ああ……、キャラ弁か」

やっと合点がいったという反応の私に、玲央は即座に否定する。

「じゃなくて、キャラ弁やめた後のフツーの弁当の方」

「はぁ？」

私は予想外の展開にキョトンとなる。

「普通の方？　キャラ弁じゃなくて？」

「そ、フツーの方。だってオレ、キャラ弁は人に見られないように隠れて食べてたから」

「え？　なんで？」

「だって、姉ちゃんが作ってくれるのって、クマとかウサギの可愛い系だったじゃん？　オレ、年長組の時、クラスに好きな女の子がいて、その子に女の子の弁当みたいだってからかわれたことがあってさ、それがすごく恥ずかしかったんだよ」

「何マセたこと言ってんの」

　そう言いながらも、ドクドクと鼓動が大きくなっていくのを感じる。

「弁当を作ってくれることには、子供心にも本当に感謝してたから言い出せなかったんだけどさ、園児には園児なりの、なんつーの？　自意識もあれば付き合いもあるワケよ。仲いい友達はちょっと悪ぶってるタイプが多くて、とっくにキャラ弁卒業してるか、キャラ弁でも戦隊ものだったりするワケ。だからさ、姉ちゃんが突然忙しくなってキャラ弁やめたタイミングあったじゃん？　あれ、実はものすごくホッとしたんだよね。で、姉ちゃんの性格上キャラ弁やめても手は抜けないから、けっこう彩り考えてくれたり好物入れてくれたりしてただろ？　それをさ、母親じゃなく高校生の姉ちゃんが作ってるっていうことが皆羨ましかったんだよ。ガキの頃って、高校生に対してヘンに憧れ抱いてたりするから」

　玲央の話を聞きながら、私はなんとも複雑な心境になる。

「キャラ弁がイヤだったなら早く言ってくれればよかったのに」

なんとなくささくれ立ったような感情が湧き上がる。キャラ弁は慣れてしまえば、作るのにはそれほど時間はかからなかったけど、何のキャラクターにするかを考えるのが大変で、でもその方が喜んでくれるだろうと頑張っていただけに、玲央の告白は衝撃だった。

一体、何の為に私は頑張っていたのか……そう思うと、イラ立ちと共にいたたまれないような気持ちに襲われる。けれど次の瞬間、我にかえる。

——違う。誰にも頼まれてなんかない。

そう、私は誰かに頼まれてキャラ弁を作っていたワケじゃない。自分が勝手に良かれと思ってやっていただけだ。そこに対してイラ立ちを抱くのは間違ってる。そこまで考えると、今度は急激に可笑しさがこみ上げてくる。

——バカみたい。

他人の目を気にして、評価を気にし続けてきた自分が、弟の評価を落としてたのか……。

何も分かっていなかった。それぞれの住む小さな世界には、それぞれの価値観があるのだということを。

——バッカみたい。

もう一度心の中で呟く。今度はさっきよりも力を込める。そうすると、なんだか本当にものすごく可笑しくなってきて、フン…と鼻から息が洩れ出して、それはそのまま笑いに変わった。突然笑い出した私に、玲央はビクリとする。

「何だよ急に。気持ち悪いな」

「フフ……だって、バカみたいじゃない。喜ぶと思って勝手に毎日キャラ弁作って、その結果、あんたを苦しめてたなんて……。何やってんだか」

「別に苦しんでなんかないよ。ただ、ちょっと恥ずかしかったっていうだけの話だよ。姉ちゃんの気持ちが嬉しかったから言えなかったんだよ。それにさ、そうやって姉ちゃんがいつも弁当作ってくれてたから、オレ、料理の道に進もうって思ったんだから」

「え……？　そうなの？」

それも初耳だった。

「皆が羨むような弁当を作ってくれる姉ちゃんがいるっていうのが、実はちょっと自慢だったんだよね。しかも何気に姉ちゃん料理上手かったよね」

「それはさ、完璧に反面教師だよ。ウチはほら、母がアレだからさ」

私の言葉に玲央は激しく同意する。

母は仕事以外のことはとにかく大雑把な人で、料理もまず量るということをしないし、目分量もあまりに適当すぎて、同じ料理を作っても毎回もれなく味が違う。同じ材料と調味料を使ってよくぞここまでというレベルの仕上がりになるのは、もはやひとつの才能ではないかと思うことがある。決してマズくはないが美味しくもないというのが、母の料理の一番の特徴と言ってもいいかもしれない。

「お母さんは仕事人間だったからね。特にお父さんが死んでからは一心不乱に働いてたから、まぁ……そうなるよね」

　少ししんみりとした気持ちになり始めた私の言葉を遮るようにして、玲央はまた意外な言葉をボソリと吐き出した。

「母さん、姉ちゃんには頭上がらないって」

「え？　何で？」

「だって、母さんが仕事に没頭できたのは姉ちゃんが居たからじゃん。姉ちゃんが家の中のこと殆どやってくれてたから安心して働けたって言ってたよ」

「そうなんだ……。暇なんだから家事くらいやらないと、て感じでやってただけだから、多少は感謝されてるみたいとは思ってたけど、それ以上は考えてなかったな。美容の道に進むって決めてからはかなり手も抜いてたし」

「それも言ってたよ。姉ちゃんに、ちゃんとやりたいことが見つかって良かった、て。一番楽しいはずの学生時代を家事だけで終わらせるのは申し訳ないって、少し後ろめたさも感じてたみたいだから」

「へぇ……。なんか、意外」

「意外かな？　あの人、ああ見えて実はけっこう繊細だから、そういうところ、すごく気を使ってたと思うよ」

　今日は意外なことだらけだな、と思いながら、目の前の玲央をじっと見つめる。

「何だよ……、気持ち悪いな」

「気持ち悪いはないでしょうよ。大人になったなぁ……て、感慨深くなっただけじゃない」

　意外だと思ったのは、母の繊細さではなく玲央の成長ぶりの方だった。

　私が就職した時、玲央はまだ九歳だった。それ以降の弟の成長を間近で見ることなく、年に数回会うだけだったから、この十年間で玲央がどんなことを考え、どんなふうに過ごしてきたのかを知らずにいたけど、玲央は玲央なりに、ちゃんといろんなことを見て、感じて、成長してきたのだと思うと、少しばかりこみ上げてくるものがある。

　無意識に玲央の頭をクシャッと触る。それは撫でるというよりもう少し乱暴なものであったけど、きっと今の私にできる最大限の親愛の情を表す行為だったように思う。

「ちょっ……、更に気持ち悪いってば」

　玲央は私の手を振り払うと、徐ろにキッチンへと向かう。

「今日の晩メシ、オレが当番なんだけど何かリクエストある？　あんま材料そろってないから希望に沿えるかどうかは分かんないけど」

　玲央はそう言いながら手を洗う。

「うーん……、昼がパスタだったから〝肉《にく》っ気《け》〟が欲しい」

「肉っ気……て、何？」

「……和風ハンバーグが食べたい。白米も」

「げっ、ハンバーグ……面倒くせ……」

「未来のシェフが何言ってんの」

あからさまにイヤな顔をする玲央に、もう完全にハ、ン、バ、ー、グ、の、口、になってしまった私は譲らない。

「母さん帰ってくるまであと三十分だよ？」

「三十分あるんだからできるでしょ。とっとと動きなよ」

玲央は驚いた顔でこちらを見る。

「姉ちゃんって、そんな感じだったっけ？」

「何が？」

「なんか、乱暴になってない？　昔はもっとやわらかい感じだった気がするけど」

「そりゃ変わりもするよ。大人の世界にはいろいろあるんだから。やわらかいまんまじゃ生きてけないんだからね。あんたもそのうち分かるようになるよ」

「怖ぇー、分かりたくねぇー…」

そう言いながらも玲央はなんだか楽しそうだ。

「あんた、楽しそうだね」

「だって、姉ちゃんが楽しそうだから」

「え？　私が？」

「うん、楽しそう。なんか、スッキリした顔してる」

「あんた、いつからそんなに観察眼するどくなったの？　気持ち悪……」

自分の心模様を見抜かれていることが恥ずかしくて、私はわざと悪態をつく。

「気持ち悪……て、ヒドくない？　カワイイ弟に向かって」

「あんただって、さっき私に言ったじゃない。何、カワイ子ぶってんのよ。気持ち悪ッ」

畳み掛けるように言うと、玲央は今度は吹き出した。

「そっちの方がいいよ」

クックックッと、かみ殺したような笑いを洩らしながら玲央は言う。

「え？」

「姉ちゃんさ、前はもっと遠慮してるようなところがあったじゃん？　家族に対しても」

「そうかな……。私、遠慮してた？」

「遠慮っていうとビミョーに語弊があるかもしれないけど、なんか常に出来すぎの感じがあったよね。しっかり者の姉です、て感じ」

「……私って、そんな感じに見えてたんだ」

「どこまで自覚ないんだよ」

玲央はまた呆れたように言う。

確かに家のことはそれなりにやってはいたけど、私にとってそれは、全て自分の空っぽさを埋める為の行為で、自分の存在を示す為のものでしかなかったから、それをそんなふうに評価されてるなんて思いもしなかった。

マコトとの会話の中でも思ったけど、自分の感覚と周囲の感覚は、必ずしも一致するものではないのだと改めて感じる。

「和風って、おろしポン酢ときのこソース、どっちがいい？」

気がつくと、玲央の手元では既にハンバーグのタネが形成されているところだった。

「早ッ、意外と手際いいんだね」

驚く私に、玲央はニヤリと不敵な笑みを浮かべる。

「オレさ、母さんのスピーディさと姉ちゃんの器用さ、両方受け継いでるんだよね。だから、良い料理人になると思うよ」

「よく言うよ……」

そう言いながらも私は、手早く料理をする弟の姿を見て、あながち嘘ではないかもしれないと、こっそり思った。

「でもさ、お母さん、ひとりは医療関係の仕事に就いてほしかったんじゃない？　あの人、自分の仕事にすごく誇りもやり甲斐も感じてるから、本当は同じ仕事に就いてほしかったんじゃないのかな……」

言ってしまってから激しく後悔する。玲央の重荷になるようなことを口走ってしまったことに自己嫌悪を感じる。自分はやりたいことを見つけてさっさと家を出たくせに、軽口ついでに余計なことまで言ってしまった。

でもそれは、どうやら杞憂だったようだ。私の心配をよそに玲央は言う。

「うん、それはきっとそうだと思うよ。でも、ほら、オレの人生だからさ。母さんにはすごく感謝してるけど、それはそれ、これはこれ。オレの人生はオレが好きなように生きるから」

聞きようによっては、とても身勝手に聞こえてしまうような言葉だったけど、決してそうではないことが伝わってくるような熱量で玲央は話す。

「母さんだって、オレにやりたいことを我慢させてまで医療の道に進んでほしいなんて思ってないでしょ。オレがオレらしく、ちゃんと生きることが親孝行になると思ってるからさ。そんな軽い気持ちで進路決めたりしてないよ」

その口調があまりに真剣だったから、私は少し圧倒される。

「ヤだ……。あんた、しっかりしてるね。いつのまにか大人になっちゃって……」

圧倒されながらも、それを悟られまいとするかのように、半分茶化したような言い方になってしまう。

ニッカポッカの彼の姿が脳裏に浮かぶ。

知らないうちに玲央もまた、周囲に惑わされることなく、自分の好きなことを選べる大人に成長していたことに驚く。

「さっきもちょっと言ったけどさ、オレがこんなふうに将来のことをちゃんと考えて進路を決められたのは、姉ちゃんのおかげだから。姉ちゃんを見て育ったから、オレもちゃんと将来のことを考えたんだよ。姉ちゃんみたいになろう、て」

「私みたいに……？」

「オレの中で姉ちゃんは、一番身近なちゃんと生きてる人だったからさ。母さんも勿論そうなんだけど仕事でいないことが多かったから、直にちゃんと生きてる姿、働いてる姿を……あ、家事ってことね……そういう姿を見せてくれたのは姉ちゃんだった。ホントはちょっとグレたい時期もあったけどできなかったよね。姉ちゃんの姿見てたから。母さんも姉ちゃんのことすごく信頼してたし。ウチの家計を支えてきたのは勿論母さんなんだけど、ウチの陰の大黒柱は姉ちゃんだったんだよ」

――ヤバ……。

今日二度目の決壊は、予感を抜き去ってやってきた。

「え……、ちょっ……なんで泣くんだよ」

ハンバーグを焼きながら、玲央はオロオロしている。

「だって……今日は……今日は……」

溢れ出す涙と、胃の辺りからこみ上げてくる熱い塊は、どう頑張っても言葉にすることはできなかったけれど、今日が私にとって特別な一日になったことは言うまでもなかった。

とてもとても、特別な一日に。たくさんの記念日を、一気に迎えたような気分だった。

「……おろしポン酢……」

私は溢れる涙のすきまから、なんとかそれだけを絞り出した。

「……降り続いた雨は一旦お休み……今日は全国的に気持ちのよい青空が広がるでしょう」

涼香ちゃん、髪の色変えたのか……。

落ち着いたトーンの栗色から、レッドと言っても過言ではないほどの赤味の強いブラウンに変わっている。難しそうな色だけど、色白の彼女にはよく似合っている。

今日も私は、涼香ちゃんのファッションをチェックしながらメイクを仕上げる。

今日発売になる史上最強カールマスカラを丁寧に塗る。より効果を発揮する為に、睫毛の生え際にブラシをあてて持ち上げながら数秒キープする。このひと手間で格段に持ちが良くなる。そして濃さを出す為に重ねづけをすることも怠らない。でも、カール力《りょく》を損なわない為に重ねすぎは厳禁だ。重くなってカールが持続できなくなる。

これまでの経験と知識を元に、一つ一つの商品がより生きる使用法を見つけ出すのも私の仕事だ。完璧な角度でカールした睫毛を作り上げ、最後にフワリとチークを入れる。

髪を留めていたピンをはずして前髪を整え、鏡の前で全身をチェックする。

「よし」

マコトと会ってから、もうすぐ一ヵ月が経とうとしている。宣言通り、隼人とは別れた。

哀しくなんてないし、寂しくもないと言えば、それはやはり嘘になる。四年という歳月は想像以上に長くて重い。そして何よりも、嫌いになって別れたワケではないということが大きい。そのうえ同じ会社で全く会わないというワケにはいかないのだから。

美波が隼人になびく気配は感じられない。それ以前に、隼人の美波への気持ちを確かめてもいない。でも、気持ちはどこか清々しい。

秋晴れの澄んだ空気の中、私の心も晴れやかで足取りも軽い。睫毛もマスカラの効果で気持ち同様、上向きだ。

何気なく、睫毛を軽くつまんでみる。マスカラでしっかりコーティングされた睫毛は、なんだかとても嘘っぽくて全てが作りもののような気がする。

例えばこの睫毛が私の顔から消えたとして、自分の瞳に映る景色と、周囲から見た「私」という景色は、どんなふうに変わるのだろうか。たったそれだけのことで私の目元から影という艶っぽさがなくなり、周囲からの「私」という人間に対する評価に、影が落ちるのかもしれない。

そう考えると、全てのものはツマラないことで成り立っているのかもしれないという気がしてくる。ほんの些細なツマラないことを凝集して、世の中は形成されているのかもしれない。「本質」なんて、そっちのけで。

けど、そのツマラないことに私はこれまでずっと固執し続けてきた。そしてきっとこれからも、それをツマラないことだと分かっていながら、完全にそこから解き放たれることはないように思う。

でも、それでいい。

私は私が触れたもののことしか知らないし、自分が感じたことしか分からない。同じ景色を見ても、見る人によって感じ方が違うのなら、自分が見て感じたものを一番に信じるしかない。それを美しいと感じるのか、汚いと感じるのか、たった一つの正解なんて、ない。

ただ、他人からどう見られているかなんて、そんな、どれだけ考えても想像の域を出ないものに心を絡め取られるなんて、そんなものは意味がない。

ままならないことなんて腐るほどある。そのいちいちに心を砕いていたら身がもたない。しかも、そのままならない最たるものが自分自身の心だったりするから、なおさら厄介だ。

さぁ、ままならない現実と今日も闘おう。マスカラはその為の武器だ。それ以上でも以下でもない。それがあることで心が強く持てるのなら、それはそれで良しとしよう。

生きやすくする為の一つの手段だ。

それで、いい。

最初は誤魔化しでも、いつか本当に強くなれると希望を持てるならそれは一つの正解だ。

――ああ……。

「マーブル模様の哀しみ」も、そういうことだったのかと、ふと思う。そのフレーズが浮かんだ時には、なんとなくグルグルもやもやした、はっきりとしない感情という認識だったけど、そこからマーブルチョコを連想したのは、あながち間違いではなかったのかもしれない。

私はきっと哀しみの正体を明確に突きつけられるのが怖くて、その感情が鮮明になる前にコーティングをして隠そうとしたのかもしれない。マーブルチョコのように砂糖の衣を被せて、ポップな色までつけて誤魔化そうとしたのかもしれない。これは哀しみではないと、カモフラージュしようとした。

私はどこまでもコーティングすることが得意なようだ。

――いつか。

いつか、本当の強さを手にすることができれば、私はあらゆるコーティングを剥がして軽くなりたい。

その時には、まずスッピンでコンビニにでも行ってみようか。そして、真っすぐ店員の目を見て、笑いかけよう。

夏の終わり

頭が真っ白になるというのは、こういうことなのか。

呆然と空《くう》を見つめる。

それは初めての感覚だった。喉の辺りで小石のようなものがコロンと動いたような気がした。その瞬間、なんだか突然ひどく息苦しさに襲われる。

——苦しい。

文字通り、それはとても苦しくて、痛くて、そして……悲しい。

こんなふうにして自分の「心」を感じることになるとは思わなかった。


——違う、これは恋ではない。

心の中で呟く自分自身に呆れ、苦笑する。いい歳をして何を呟いてるんだろう、と少し情けなくなる。決して深刻に呟いたわけではない。軽いツッコミくらいのノリだった。

つい美波のことを目で追ってしまうのは、ただ単純に好きなタイプの顔だからで、それは決して恋愛感情ではない。もっと若い頃なら、それだけで充分恋愛に結びついたかもしれないけど、さすがに顔が好みだからというだけで恋愛感情を抱いたりはしない。言葉を選ばずに言えば愛玩犬のような存在で、「愛でるもの」という感覚のものだ。

自分の中ではそう理解しているから、美波を見つめてしまうことに罪悪感はない。美しいものをただ美しいものとして眺めている。そこに特別な感情はない。いや、ある意味、特別な感情はあるのかもしれない。

俺はもしかすると、美波になりたいのかもしれない。美しくなりたいとか、女になりたいとかそういうことでなく、ただ、美波になりたいのだ。


「課長、またボランティアですか？」

机の上の有休申請用紙を目敏く見つけた美波が訊いてくる。

「スゴいですね。課長って、働いてるかボランティア活動してるかどっちかですよね。ちゃんとデートとかしてます？　月島先パイと」

からかうというよりは心配しているような口調だった。

「デート……。最近そう言えば……」

あまりに自然に訊かれたものだから、うっかり正直に答えてしまう。

「ダメですよ。付き合いが長くてもそういうのはちゃんとしておかないと、逃げられちゃいますよ」

やはり心配しているようだ。からかいの色が見えないから、真剣に答えないといけないような気になる。相手がリカの直属の後輩だからなおさらだ。

「そうだな……。今度、有休合わせて旅行にでも行こうかな」

「そうして下さい！」

美波は力強く言うと、しっかりと目を合わせてくる。

――美人だな。

分かってはいたことだが、真正面から向き合うと、その美しさに一瞬怯みそうになる。不自然にならないように、俺は申請用紙に手を伸ばしながら目を反らす。そのまま見つめていると、どこまでもその美しさに見入ってしまいそうだった。

俺は幼い頃から美しいものが好きだった。それは人であろうと物であろうと、とにかくキレイなものに心を奪われた。キラキラしたものや均整のとれたフォルムのものに、いつも釘付けになっていた。それはあくまでも主観でしかないのだが、自分が美しいと思うものをただ眺めていることが好きだった。分かりやすく美形と言われる人たちの容姿は勿論だが、一糸乱れず隊列を組むアリですら、その整然と並ぶ姿を美しいと感じ、いつまでも眺めていた記憶がある。

整ったものを美しいと感じ、その一部に自分もなりたいとよく思っていた。少し変わった子供だったかもしれない。そして、自分が美しいと思うものに対しては最大の敬意を払うが、外見的に醜いものに対しては、どこか見下してしまうようなところがある。

人を見た目で判断してはいけないとか、差別をしてはいけないとか、そういうことは頭ではよく分かっている。人としての正しさは幼い頃から嫌というほど教えこまれている。

「人には優しくしてあげなさい」

「困っている人がいたら助けてあげなさい」

「イジメを見つけたら、それを注意できる人間になりなさい」

両親共に教師の家に生まれた。人としてあるべき姿を、彼らは息子ふたりに叩き込んだ。それはきっと正しい行為だし、正しい教えだ。間違っているなんて一度も思ったことはない。

ただ、俺の心が間違っている。頭では分かっていても心がいつも置き去りで、イジメにあっている人や障害をもった人の容姿が美しければ感情移入できるくせに、醜ければ一歩ひいた冷ややかな感情に支配される。それでも行動は正しさを遂行できる。さも優しげな表情を浮かべながら、手を差しのべられる。

間違っているのは自分の心だと分かっていたから、教師の道は選ばなかった。どれだけ正しさを理解していても、そういう心を持たない自分に教師になる資格はないと思っていた。両親の血を色濃く継いだのであろう兄は正義感パンパンに成長し、時代にそぐわない熱血教師の道を邁進している。

正しい人間の集合体のような家族の中で、俺だけが異質だった。それを悩んだ時期もあったけど、今はそれなりに折り合いをつけて割り切れるようになった。

——そういうふうにできている。

だから仕方ないのだと思うことで、少し心は軽くなった。感じてしまうものは仕方ない。頭で分かっているだけいいじゃないか、と。

それでも時々、どうしようもなく自分が嫌になることもあるけど、そこを埋めるものが俺にとってのボランティア活動だった。正しい行動をしていれば、心の中にある愚かな感情を帳消しにできるような気がしたのだ。

障害者や高齢者を、時に汚いとか醜いとか感じてしまう心の免罪符のような位置づけだったのかもしれない。感じてしまうこと、思ってしまうことを責めながらもどうにもできなくて、ボランティアという行為によって許されたかった。いわば不純なボランティア活動だったのだ。

俺は決して正しくもないし、優しくもない。全てはすりこまれた行為であって、そこに心はないのだから。

「いいなぁ、先パイは。こんなに優しい彼氏がいて」

「いや、俺のは偽善だから」

できるだけ軽い口調を装いながら、心に軋みのようなものを感じる。

「またまた……課長の優しさは筋金入りでしょ。社内みんながそう思ってますよ」

何の含みもない美波の言葉に、悟られないように苦笑する。

――社内みんながそう思っている。

きっとそうだろうと、俺自身も思っている。「正しくて優しい人」は俺のキャッチコピーのようなものだ。

「私ね、思うんですけど」

美波は俺の心の内などおかまいなしに続ける。

「課長は絶対にそんなことないですけど、でもね、もしそれが仮に偽善だったとしても、私はそれはそれでいいと思うんですよね」

「え？」

「よくいるじゃないですか。被災地にボランティアに行ってSNSに上げてる芸能人を見て、偽善だとか売名行為だとか非難する人。だったらどうなの？　て思いません？　別にそんなのどうでもいいと思うんですよね。偽善であっても、本当に心からの支援であっても、それで助かる人がいるなら、救われる人がいるなら、それでいいと思うんですよね。それが一番大事なのに、自分は何もしないくせに、そういう人の善意を悪く言う人って、行動してから言えって思いません？　私は自分がそういう行動を取れないから、実際にボランティア活動をしてる人を見ると単純にスゴいな、て思いますけどね。勿論、課長のことも尊敬してます」

美波は本心から言っているようで、真剣な表情を崩さない。そして怒りをにじませたその表情は、美波の美しさを際立たせる。

――ヤバ……惚れてまうやろ。

おどけた調子で心の中でツッコんでみる。

美波の最大の魅力は、その整いすぎた容姿であることは誰もが認めているが、俺が思う美波の一番の魅力は、裏表のない真っすぐなところかもしれない。直情的で即物的な物言いは小気味よく、爽快さすら感じる。おかしいと思ったことはおかしいと言うし、称賛すべきことはちゃんと称える。その嘘のない言動は、もしかすると美しい容姿でちやほやされてきた人特有の強さなのかもしれないと思った。他人から認められることで得た、絶対的な自信を持つ人に備わる強さは、時に人を間違った方へ導いてしまうことがあるけれど、美波はどこまでも真っすぐに見えた。

素直な強さが羨ましく感じるとともに、少しだけそこに疑念を抱きもしている。本当に裏表はないのだろうか、と。

心の中までは分からない。俺がそうであるように、他人からの評価なんて所詮、外から見える部分だけのもので、心の中で何を思っていても、それは他人には決して見えないものだから評価の対象にはならない。行動さえ正しくしておけば、何を思っていても非難されることはない。そんなことを考えてしまう自分自身に嫌気がさすけれど、実際のところそういうものなのだと理解しておかないと、自分だけが汚れているような気がしてそれこそ嫌になってしまうから、他人もそうである余地がほしいのだ。

ただ、美波に関しては、本当に裏表のない真っすぐさであってほしいと願っているようなところもあって、思いは少し複雑だ。

美波の家系は歳を取ると太る傾向にあるらしく、昔はキレイだった母親のオバさん化を引き合いに出しては、太り始めるまでに結婚相手を見つけるのだと意気込んでいる。「若くて美しいうちに」という自負を包み隠さずにさらけ出し、そこに寸分の嫌味も感じさせない。それは美波の素直さの表れのように感じた。そして、若いうちに結婚相手を見つけるという気合を見せながらも、出会いの少ないこの業界を選んだ矛盾。きっと深い考えなしに、その時の自分のやりたいことや感じたことを優先しながら生きてきた結果のような気がして、その計算のない生き方が、なんだかとても眩しいもののように見えた。

思慮深さも大切だけど、考えすぎることは時に生き辛さを招くことがある。どうすれば無駄なく効率的に事を運べるか、他人からの評価に見合う自らの振る舞いを頭を使い必死に考えて模索してみても、そこに自分の「想い」がなければ、その結果にも評価にも意味なんてないのだと、本能的に知っているかのような佇まいは、美波の魅力を増大させる。

――ズルい。

生まれ持った美しい容姿と、それによって齎された自信と、それが育んだ奔放さが更に輝きを放つなんて出来すぎている。やりたいことをやりたいようにやることで魅力を確立できるなんて、ズルくないか？

そんなことを考えながら、やはり思うのだ。

――美波になりたい。

美波のように、心のままにしなやかに生きたい、と。

俺の心は、一体どこにあるんだろう。

「カワイイ子で良かったよね」

「ねー、ホントに」

「あの部分が収録されるかは分かんないけど、もし映像に残るなら、やっぱカワイイ子の方がいいもんね」

駅に向かって歩く俺とリカの横を、ライブの熱気をそのまま残したような、頬を上気させた若い女の子ふたりが興奮気味に喋りながら追い越してゆく。おそらく一本でも早い電車に乗ろうとしているのだろう。

学生時代に付き合っていた彼女がアイドル好きで、何度かライブに付き合わされたことを思い出す。公演直前と直後の電車はひどく混み合う。人気アーティストになればなるほど、会場の大きさに比例してその傾向は顕著になる。

今日のライブは中堅どころのスリーピースバンドで、爆発的に人気があるというほどではないが、言えば誰もが知っていて、ライブチケットも確実に取れるというものではないと聞いたことがある。そんなライブにリカと行くことになったのは、美波が一緒に行くはずだった友人の都合が悪くなり、リカにチケットを譲ったという経緯がある。リカと美波は以前からそのアーティストの話題で盛り上がることがあったようだ。

特段帰りを急ぐでもない俺たちは、ゆっくりとした足どりで歩を進めていた。女の子たちが走り去った後、リカはボソリと呟いた。

「そんなに、大事かな……」

「え？」

何を指しているのか分からずに訊き返す。

「……私が言うのも何だけど、〝カワイイ〟て、そんなに大事なことなのかな。ライブ映像のほんの一シーンに映るだけで可愛さって求められるのかな。なんか、可愛くないと生きる価値がないみたいな、そういう思想に聞こえて仕方ないんだけど。彼らの音楽を好きな子にそういう思想を持ってる子がいるなら、すごく残念なんだけど」

リカ曰く、バンドの最大の魅力は飾らない素朴なルックスから放たれる飾らない真っすぐな歌詞だ。そしてメロディーと歌声の美しさ。彼らの奏でる曲は、ロックバンドでありながらどこか儚げな空気を含んでいて、叙情的でノスタルジックな曲に定評がある。この世の儚さやままならなさを音楽にのせて昇華していくような、それを力強さに変えていくような、優しさを内包した彼らの音楽は時に「軟弱ロック」と揶揄されるけれど、ハマる人にはとことんハマる中毒性を持っている。

そんな彼らのファンに、見た目至上主義の人間がいることが、リカは腑に落ちないようだ。リカの眉間に縦に深くシワが刻まれる。

不快感を隠そうとしないそのシワに、どことなく愛しさのようなものを感じている自分に少し驚く。シワなんて、俺の中にある「美しさ」の定義からは外れたものなのに。なぜだかリカのそれは、とても健全で美しいもののように感じた。

今日のライブは三ヵ月前から始まったツアーのラストを飾る特別なものだったらしく、映像収録の為にたくさんのカメラが入っていた。そのライブ中、サプライズで観客がステージに上がることになり、それに選ばれたのが若くて絶妙に可愛い女の子だった。さっきの女の子たちの「カワイイ子」というのは、その子を指している。

今までそういうシーンを何度か目にしたことがあるけど、その大抵は程よく可愛い子が選ばれる。スタッフが選ぶパターン、抽選で席番号がモニターに映し出されるパターン、メンバー自身が選ぶパターンと様々だが、そのどれにおいても、大概可愛い子が選ばれた。

そしてそれは、あくまでも「程よく」というのがポイントで、映像の美しさを損なわない可愛さを持ち、かつ目立ちすぎない、程よいルックスの人が選ばれるのだろうと、俺は思っている。そして今日選ばれた女の子も、やはり程よく可愛かった。

実のところ、俺も「可愛い子でよかった」的なことを少しだけ思った。会場のモニターに映し出された女の子を見て、「大丈夫だ」と思った。映像に耐えうる、そして嫌味にならない素直な可愛さを感じた。そう思ったことに、俺は何の違和感も感じなかった。映像に残るようなライブなら、可愛い子が選ばれてよかったと単純に思った。

でも、リカはそこに怒りを感じている。そしてその怒りを真剣に表明するリカの横顔を見ながら、そういう感覚を持ち合わせない自分自身の欠落を、改めて思い知るのだ。

「ハァ……」

リカの溜め息が夜風に流されていく。

リカは思い直したように、ライブのラストで演奏された、彼ら最大のヒット曲である「晩夏」という曲のサビ部分のメロディーを口ずさんだ。十年程前に放送されたドラマの主題歌で、当時ドラマのヒットと共に注目を浴びた曲だ。若者たちの青春群像劇で、確かハッピーエンドではない切ない結末だった気がする。青くて、生っぽくて、湿り気のある、でもどこかキラキラしたものを内包した登場人物たちが魅力的だった。そのドラマにとても合ったバラード曲で、今聴くと懐かしく感じるその曲を、リカは小さな声で口ずさむ。

珍しい光景だった。リカはあまり人前で歌ったりしないタイプで、職場の集まりでカラオケに行ってもマイクを持つことは殆どなく、他人の歌を静かに聴いているようなタイプだったから、俺は暫くリカの歌声に耳を傾けながら、未だ険しさの残る横顔から目が離せなかった。怒りながら歌うその様は、なんだか必死に呑み込めないものを昇華しようとしているような切実さがあって、やけに胸にくるものがあった。

ふと感じたのは、俺には俺の欠落があって、同じように、リカにはリカの欠落があるのだろうということだった。いや、リカの場合は欠落の逆なのかもしれない。自分に不足しているものを必死に埋めすぎたが為に、パンクしそうになっているような危うさを時々感じる。実際にはそんなことはないのかもしれないけど、俺にはそんなふうに見えた。

　リカを覆う空気には幾重かの層があって、その中には、一生懸命、真面目に真摯に生きてきた人だけが纏うことのできる、切実すぎて少し苦しくもあるのに、確かなキラメキを含む眩しい層が存在する。それは、簡単に手を触れてはいけない聖域のように感じた。

　ライブ終わりの熱気を宿した夜の空気をゆっくりと裂きながら歩く帰り道は、懐かしい記憶を連れてくる。

　学生時代に付き合っていたアイドル好きの彼女は、とにかく可愛いものが好きだった。自分好みの可愛い女の子に萌える。可愛くてキラキラしたものに魅了され、憧れ、自分自身もまた、そういう世界に身を投じたいという願望を持っていた。そしてそれを叶えうる容姿の持ち主でもあった。「可愛い」が全てで、「可愛い」を神のように崇めているようなフシがあった。若さと美しさが永遠ではないと知りながら、本当の意味では知らなかった。彼女はまだ、そんなフィールドにいるのだろうか。それとも、三十歳を過ぎ、とうにそんな幻想は捨ててしまっているのだろうか。

　その彼女と、どんなふうに終わりを迎えたのか、もう記憶は定かではない。ただ可愛いことが全てで、自意識過剰に他人の目を常に意識しているようなところがあった。リカも、他人の目はすごく気にしている。でも、その二人の間にある差はあまりにも大きい。世の中が見た目至上主義だということを理解し、それと闘う為に美しさを維持しようとするリカと、あの頃の彼女とは、そのマインドが全く別物だ。

若かったな、と思う。自分自身も、見た目の美しさが彼女を選ぶうえで一番重要なポイントだったし、そうやって選んだ彼女もまた、そんなふうにして選ばれることを前提に生きているようなタイプだった。若さ故の傲慢さと浅はかさだったと、今考えると少し恥ずかしい反面、単純で、明快で、ブレない欲求の塊だった時代を羨ましくも思う。

ただ、だからと言ってお飾りのような存在として彼女を扱っていたわけではなくて、入口が外見だというだけで、ちゃんと好きで付き合ってはいた。気持ちがないのに付き合えるほど、俺は器用ではない。単純に美しく整ったものが好きで、人でも物でもキレイなものに心惹かれる。ただそれだけのことだ。

それが恋愛に発展するかどうかは、プラスα《アルファ》の要素が自分にハマるかどうかということなのだろう。当時の彼女の見た目は確かにアイドル並みの可愛さだったし、少し天然で世間知らずでも、それ故に真っすぐなひたむきさは、当時の俺の心をくすぐるのには充分な破壊力を持っていた。

もうずいぶん長い間忘れていた元カノの記憶とともに、当時どうしようもなく自分自身の欠落に悩んでいたことを思い出す。あの頃も俺は、正しさと優しさの形を分かってもいるし、行動もできる状態なのに、心がそこに追いつかないことに悩んでいた。どうして分かっているのに感じることができないのかと、自分を責めていた。人間として大切なものが足りないことに悩み、進路決定を控え、少しナーバスになっていた。

こんな心を持った俺が教師になってていいはずがないと強く思ってはいるけど、親の手前なかなか言い出せずにいた。教師になれと言われたことはなかったけど、無言の圧みたいなものは常に感じていて、でも、俺に本当の正しさは教えられないと分かってもいた。

すりこまれた正しさを捨てることはできなかったけど、正しさの中で生き続けることはもっとできないと思った。教育者として正しさを教え、育むには心がなさすぎる。「形」を教えることしかできない。それでいいはずはないと、俺の心はどこまでも「正しい思想」をくり返し、今の職業を選んだのだった。


リカの歌声がとても心地よく耳を撫でるのと相反して、切ないバラード曲と同じ夏の終わりの夜は、生暖かい空気を含んだ風が吹いていて、少し気持ちが悪かった。最近は温暖化の影響か、夏がなかなか終わらなくなったな、とボンヤリ思いながら、俺はいつまでもリカの歌を聴いていたいような気持ちになっていた。同時に、眉間から消えない縦ジワを、いつまでも眺めていたいような気がした。

欠落を抱えていようと、その逆であろうと、なんとなく不自由な感じが俺たちは似ている。ある意味、真面目すぎるのかもしれない。

俺もリカも美波になれれば、とバカなことを考える。そんなことを考えてしまったのはきっとこの歌のせいだ。そして今、本当に夏の終わりを生きているせいだ。感傷的な夜を二人歩きながら、自分自身の欠落とどう向き合うべきなのかを考え続けていた。

人とはこうあるべきという数々のことを両親から教えこまれ、すりこまれた頭と体は、もう勝手に動いてしまう。優しさと正しさの「形」を知っているから、いつだって人に優しくできるし、他人の間違いを正すことができる。困っている人を決して置き去りにはしないし、不当な差別やイジメを見つけたら迷わず注意もできる。行動はいつも、無意識に形をなぞる。どこまでも忠実に、正確に。

美波の言うように、行動を起こすことが正義なのだとしたら、もう何も考えずに、ただすりこまれた正しさと優しさをどこまでも垂れ流せばいいような気がしてくる。動ける体があるのなら、わざわざそれを無理に止める必要はないのかもしれない。ただそうは思っても、自分自身の行動に心が追いつけなくて、時々吐き気に近いイラ立ちを感じて叫びたくなる時がある。

――気持ち悪い。

行動を起こそうとする頭で作られた自分と、生まれ持った素の自分との形が合わない。自分の中にひと回り小さな自分がいて、外側の自分との動きが微妙に合わなくて、体の中のところどころで空気が動くのを感じる。すきま風のようなそれは、なんだかとても心地が悪くて、イラ立ちは更に増大する。一致しない心と体を持て余しているのだ。

だけど、それを上手に内に隠し持つ術を俺は知っている。表面的にはいつも穏やかで優しい人でいられる。それはもう一種の特技だと思っている。

――でも。

同時に、本当にそれでいいのかと、最近の俺はまた強く思ってもいた。だから、美波の言葉は俺の中で一つの光になった。心がなくても行動できることがすごいことなのだと、素直に思えそうな気がした。

長年付き合ってきた自分自身のその欠落との向き合い方は分かっているはずだったけど、自分の中だけで折り合いをつけるのには限界があって、誰かの共感や背中を押すような言葉を本当はずっと求めていたのかもしれない。

美波が俺の心を分かって言ってるものではなくても、それは少し俺に救いをもたらすものだった。俺の心を分かっていないからこそ、逆にそれは響いたのかもしれない。気を遣ったものでなく、本当の言葉として響いたのだ。

そんなふうに思いがけず救いの言葉をくれたり、どれだけ見た目がタイプでも、恋愛の対象にはならないことが自分でも不思議だけど、それは俺にリカという絶対的な存在がいるからなのだろう。

リカと初めて会ったのは、五年前に俺が地方の販社から異動してきた時で、リカは二十五歳でチーフ二年目だった。そんなに若くしてチーフになるほど優秀な人なのだと感心したのを覚えている。会った瞬間、キレイな子だと思ったし、人と向き合う時の揺るがない瞳に芯の強さを感じた。そして何よりも俺を惹きつけたのは、リカの容貌の妙だった。

化粧品メーカーの営業職という仕事柄、俺は女性の美しさがメイクによるものか天然のものかを見分けることができた。ファンデーションで作り上げられた質感と強調された目元で男は簡単に騙されがちだが、俺の目は幼い頃から美しいものを追い続けていたこともあって、そう簡単には騙されない。

アイプチで作られた二重まぶたや、アイラインとマスカラで五割増しの目力や、きれいに隠されたニキビ跡ですら見抜いてしまう。メイクをした状態でも、どういう素顔かが大体想像できた。

でも、リカの時は違った。

無意識に相手の素顔を想像する癖がある俺は、初対面の相手との挨拶の時に、失礼にならない程度に相手の顔を観察する。どれだけ隙のないメイクを施されていても、それは効力を示さないほど俺の眼力は確かだった。とは言っても、実際に素顔を見る機会のある人間なんてそうそういるわけではないから、本当に確かなのかどうかを証明する術はないのだが、ただ俺には分かるとしか言いようがない。そんな自負を持っている俺でも、リカの素顔は想像できなかった。

美しく整った、まるでメイクの教本にモデルとして出てくるような顔だと思ったのと同時に、内に秘められた強さみたいなものを感じて、まるで品定めするかのように観察することが憚られて目を反らしてしまった。そんなことは初めてだった。

それからなんとなくリカの存在が気になるようになり、つい目で追ってしまうということがしばしばあった。そんなふうに目で追うようになって、その容貌の妙も、仕事の手腕も、全てはリカの飽くなき探究心と向上心と惜しまぬ努力の賜物であることを知り、リカへの興味は更に深いものとなった。

リカは努力の人だ。学生の頃は「努力」なんて言葉は俺の心に何も残さなかったし、なんならダサいとすら思っていたかもしれない。でも、年齢を重ねるにつれて、努力できる人を単純にすごいと思うようになっていった。リカは俺が知る中では誰よりも努力を惜しまない人だった。本人にそれほど自覚はなく、やりたいことにただ忠実に、誠実に向き合っているというスタンスが、より俺の心を揺さぶったのかもしれない。

リカの仕事ぶりを初めて見た時、大袈裟ではなく鳥肌がたった。一切の無駄がなく完璧に客の要望を叶え、会社の利益もあげつつ、何よりも接客中のリカが本当に楽しそうに生き生きと見えた。楽しそうに仕事をする人間をそれまでにも見たことはあったが、リカのそれは、ちょっと言葉にならないくらい圧倒的なものがあって、体の芯が痺れるような不思議な感覚に陥った。こんなふうに仕事をする人がいるのかと目が離せなくなった。今になって思えば、あれが恋の始まった瞬間だったのかもしれない。

これは付き合うようになってから知ったことだが、メイクに出会うまでのリカはコンプレックスの塊で、やりたいこともなりたいものも特になくて、ただ「月島リカ」という名前に負け続けているような生き方をしていた。自分の名前に自分で勝手にイメージを作り上げ、そのイメージからかけ離れた実際の自分を嘆き悲しむという、どこまでもネガティブな思想の持ち主だった。

あんなにもキラキラと輝くような表情で仕事に打ち込んでいる人間に、そんな時代があったことが信じられなかったし、その姿を想像しようとしても、その試みは例外なく失敗に終わった。それくらい、リカは眩しい存在だった。後輩に慕われ、上司からも頼られる非の打ちどころのないチーフだった。

リカにとって、メイクとの出会いが特別で人生を変えるほど運命的なものだったのと同じように、俺にとってはリカとの出会いが運命的なものであるような気がした。それまではそんなことを感じたこともなかったし、そんな話を聞く度に嘘くさくて恥ずかしいもののように思っていたけど、本当にそういうものがあるのだと身を持って知った瞬間だった。

初めて外見ではなく内面に強く惹かれた。

リカ自身がメイクとの出会いでコンプレックスから解放され、目の前が開けたように、救われたように、見た目にコンプレックスを抱えた人を救いたい、助けたいと心から思って行動を起こし、今尚、その想いを継続しているリカの姿勢を心から美しいと思ったし、そんなリカを愛しいと思った。

初めて素顔を見た時には正直なところ「普通だな」と少しガッカリもしたけど、その頃には外見ではないリカの魅力を充分知っていたし、普通の顔は普通なりになんだかすごく可愛く感じた。そしてそんなふうに思わせるほど、リカへの想いが大きくなっていることに驚きを感じるとともに、よりこの出会いが特別なもののように感じた。

「大切にしたい」と、初めて強く思った。俺の中で、何かが変わるような予感がした。

それなのに、あの時俺はホッとしたのだ。


「俺たちも、結婚しようか」

学生時代の友人の結婚式から帰った日の夜だった。なんだかどうしてもリカに会いたくなって部屋を訪ねた。

仕事から帰ったばかりのリカはまだオフモードになってなくて、自分用の晩ご飯と俺用の酒とツマミを準備しながら、まるで仕事中のようにキビキビと動いていた。その姿を見ながら、俺は思わず口走っていた。

それは本当に自然にこぼれ出たもので、言った自分自身も驚いていた。結婚願望なんて自分にはないと思っていたし、実際にそれまで付き合ってきた彼女との結婚なんて、現実的に考えたことすらなかった。それはきっと自信がなかったからだ。見た目がタイプという入口から入って好きになった彼女たちが、歳を重ねて老いていく姿を見ても愛し続ける自信がなかった。そんなことを考えてる時点で、それはもはや愛ではない気がした。

俺はきっと、人を本当には愛せないのだとずっと思っていた。それなのに、思わずしてしまったプロポーズに自分自身で驚いて初めて、リカへの本気を知った気がした。同級生の結婚ラッシュを迎えて、少々気持ちが流されていたこともあったかもしれないけど、何よりもリカとの出会いが、俺を変えたのだと思った。

唐突のプロポーズに、リカは一瞬戸惑いの表情を見せてから、複雑な笑顔になった。その表情を見た瞬間、俺は早まったことを口走ってしまったことを察して、少し冗談っぽく笑いながら言った。

「いや、今すぐってわけじゃなくてさ、うん、いずれ、いずれ、ね」

我ながら呆れるほどぎこちなかったけど、それほど自分の発言に驚きを感じるとともに、リカへの想いがちゃんとここにあることを実感した。

リカにとって、このタイミングのプロポーズが迷いにしかならないことを分かっていた。リカにとって、それは決して「今」ではなかったはずだとリカの表情からも悟った俺は、必死で誤魔化そうとした。そして、そんな俺の心情をリカも汲み取ったかのようにスルリとかわした。

「結婚かぁ……。あれって、人の結婚式に行くと気持ち高まっちゃうんだよね。分かる分かる」

クスリと笑いながら軽い口調で言った。

「……だよな。なんか、大体はお決まりのことやってて自分だったら恥ずかしいなぁ、とか思いながら見てるんだけど、やっぱアレかな。最後の親への手紙な。分かってても、つい感極まっちゃうんだよな」

「そうそう。ウチは片親だから、余計にきちゃうかもな」

フフフ、と俺のテンションに合わせてくるリカを見ながら、申し訳ない気持ちと、更に押し寄せる愛しさに、思わずリカの体を引き寄せそうになったけれど、そこはなんとか堪えてリカの支度を見守った。

リカの中で「今じゃない」タイミングなのだろうと思ったのは、リカの仕事への向き合い方が全てを物語っていたからだ。この時、チーフになって三年目だったリカは、とにかく仕事が楽しくて仕方がないという感じだった。それは俺が出会った頃よりも更に熱を帯びていた。きっとリカの中でいろんな要素がうまく合致して、一番いい時期だったのではないかという気がする。二十六歳という年齢もまた、全てにおいて絶妙な按配を醸し出していたのかもしれない。若いけれど若すぎず、様々な言動に説得力が生まれ始め、客からの信頼も厚くなり、それを見ている後輩たちからは憧れられる好循環を生んでいた。

そんな時期に結婚なんて考えられるわけがない。昔のように結婚したら退職という時代ではないけれど、リカは手先こそ器用だが、生き方そのものは不器用なところがあるから、家事と仕事の両立が大きな負担になることは目に見えていた。大好きな仕事はもちろん完璧にやりたいし、だからと言って家事を疎かにはしたくない。両方を適度に手を抜いて、そこそこにこなすなんていう要領のよさは持ち合わせていなかった。

だから、今このタイミングでのプロポーズは、リカを困らせる以外の何物でもないということは分かっていたはずなのに、言ってしまった。そして何よりも問題なのが、リカが軽い口調で冗談のように終わらせてくれたことに、心の片隅でホッとしている自分がいることだった。

リカの気持ちを考える前に、情動に任せて口走ったくせに、本当のところはそこまでの覚悟がなかったことに呆然とする。特別で、大事な存在のはずなのに、やっぱり自信がないということなのかもしれない。この先もずっと、そう思い続ける自信が持てないのだ。

あれからそろそろ三年が経つ。三年の間に俺たちの環境も少しずつ変化した。プロポーズ事件の半年後、俺は予想外の課長昇進。リカはチーフのキャリアを積み重ね、風格を増していく反面、にじり寄ってくる老いに脅え始めているようだった。

メイクによって得た美しさが、若さを失うことで損なわれるのではないかと危惧している。それは、リカにとってはとても切実な問題だった。数ヵ月後に三十歳を迎える。女性にとって、きっとそれはとても大きな節目なのだろうと思う。

俺はと言えば、三年という月日を経ても、リカへの想いは変わってはいない。ただ、今社内では俺が元いた販社に近々戻るのではないかという噂が流れている。それは美映の通例の流れでは充分ありえる話だった。

美映では、営業職は入社四、五年で転勤を言い渡され、五年ほどで元の販社に戻るのが一般的な流れだった。ただその多くは、元の販社に戻って数年で役職に就くのだが、俺の場合、転勤先で想定外の役職就任だったから、その先が読めないのが正直なところで、その噂もどこまで確かなものなのか分からない。

もし本当に元の販社に戻ることになったら俺はリカをどうするつもりなんだろう、と他人事のように考える。三年前に突きつけられた覚悟を持てない現実に今尚、二《に》の足を踏んでいるような状態で、煮えきらない自分自身にイラ立っていた。

リカのことは変わらず好きだし、大切にしたいとも思っている。それでも、リカの人生を背負う覚悟までは持てずにいた。どこまでも自分の心に自信がなかった。

ただ好きだから一緒にいたい。特別な存在だから手放せない。それだけでいいはずなのに、考えてしまう。もしも気持ちが離れてしまったら、と。歳を取って、今と大きく見た目が変わってしまったとしたら、俺はそれでもリカをちゃんと愛せるのか。初めて内面に惹かれた相手だとは言っても、外見も込みでのそれだったのではないかと考えると、それでも好きでいつづける自信が持てなかった。

思わず美波に目をやる。美波のように直情的に、もっと真っすぐに物事を考えられたら、と思う。そこで、ふと思う。美波の容姿はまさに俺の好みのタイプで、もしもそこに恋愛感情があったとして、本人が宣言している通りに数年後にブクブク太ってしまったとしたら、俺はその時点で気持ちが冷めてしまうのではないか、と。

好きだったものが美しさを失った時、きっと俺の心は簡単に冷めてしまう。きっと、そういうふうにできている。人として、大事なものが欠けている。上辺を取り繕うことはできても、心までは誤魔化せない。正しさを、優しさを振りまきながら、心の奥で蔑んでいるのだ。「醜い」と。「汚い」と。

そんな自分の心が一番醜くて汚いと頭では分かっているのに、感じてしまうことは止められない。もうそれは仕方のないことだ。どれだけ嫌悪を感じても、変わりたいと思っても、心の有り様《よう》までは変えられない。

頭で分かっているから、感じたことをグッと奥に押し込めて、正しさと優しさを発動する。相手を傷つけないように。救いになるように。そして、その理解できることと行動できることは俺を苦しめもするけど、同時にきっと救いにもなっているのだ。そこに少しばかりの皮肉を感じながら、美波の姿をこっそりと追い続ける。

美波は、本当に太ってしまうのだろうか。

——勿体ない。

そんな下卑たことを考えられているなんて露ほども知らず、美波は俺の視線に気づいて笑顔で会釈する。そしてホワイトボード前に立つリカの元へと駆け寄る。

今日は月イチの専門店向けのセミナーの日で、店主や店のスタッフが新製品の勉強の為に販社に訪れている。午後の実習の講師はチーフであるリカが受け持つことになっていて、美波はそのアシスタントを務める。二人はまるで姉妹のように仲よさげに喋っている。

そこでふと、この間のライブチケットの件を思い出す。もしかすると美波は、俺とリカのことを心配してチケットを譲ってくれたのかもしれないと思った。友達が行けなくなったのは本当なのだろうけど、自分とリカで行くことだってできたはずなのに、俺とリカがデートできるようにという配慮だったのではないかと思った。なんだか申し訳なくなるのとともに、あの日の記憶が蘇る。

あの、夏の終わりの歌を聴いてから、俺の中で何かがくすぶり続けている。今も、あの日のリカの歌声が耳から離れない。なんとなく、胸がザワザワして落ち着かない。

ボランティア活動をすることで、自分自身の欠落を埋めようとしているのだと、ずっと思っていた。でも、本当はそれだけではなく、リカと真剣に向き合うことから逃げようとしていたのかもしれない。本格的に活動を始めたのは、あのプロポーズ事件の後からだ。無意識に俺は、リカとの時間を減らすことで、歪《いびつ》な感情から逃れようとしたのかもしれない。大切だと思っているのに、矛盾する感情を併せ持ってしまうことが許せないのに、感じてしまうこの心を完全に持て余していた。

あの日、ホッとしてしまった心に気づいた時、もしかすると俺は、大切だと言いながら簡単にリカを手放してしまえるのかもしれないと考えて、それをすぐに打ち消そうとした。そんなはずはない、と。でも、そこを突きつめてしまうのが怖かった。特別な存在だと思っていたものが、そうではなかったとは思いたくなかった。もしかすると俺は、「特別な存在」というものに酔っていただけなのかもしれないと、うっすらとでも思ってしまうことから逃げたかった。それが本心であろうと、そうでなかろうと、そう思ってしまうこと自体から逃げようとした。

人間というのは「初めて」の感情に特別な想いを抱き、戸惑い、憂い、そして舞い上がるのかもしれない。俺は舞い上がっていただけなのかもしれない。そして、それを手放したくなかった。リカを手放したくないのではなく、その感情を手放したくなかったのかもしれない。

リカの人間性に惹かれて恋愛感情を抱いたことで、自分の心が少しだけ成長したような気がしていた。けど、そんなことを考えている時点で何も成長なんてしていないのかもしれない。ルックスを入口に恋愛をしていた頃と何も変わらない。外見だとか内面だとか、そんなところに拘ってること自体が幼稚に思えてくる。もっと、単純でいいはずなのに。

昼休憩を終えたセミナーの来場者たちが部屋に戻ってきたことで、室内が束の間賑わい、俺の意識があの夜から引き戻される。

午後の実習が始まる。相変わらずリカの動きには一切無駄がない。プロフェッショナルなその仕事ぶりを見ながら、俺はその姿を、やはりとても美しいと思った。

喉の奥で動いた石ころの正体に気づいたのは、我ながら呆れるほどに間抜けな話だが、い、そうなって初めて気づいた自分の本当の心だった。リカに対する、本当の気持ちだった。

リカからの別れ話は、何の前触れもない本当に唐突なことで、一ミリの予感も感じていなかった俺はすぐに頭が追いつかず、その瞬間は何の感情も生まれなかった。

「別れてほしい」

リカは確かそんなような言い方をしたような気がするが、気が動転しすぎて、その記憶も定かではない。何か別れる理由みたいなものも話していたような気がするが、それはもっと覚えていない。何の手触りも、実感もなく、リカの言葉は俺の耳をすり抜けていった。ただ別れを告げられているということだけが理解できた。

感情が動かなかったことで俺は、やっぱり、リカへの想いは「特別」だと思った初めての感情にしがみついていただけだったのだと、その瞬間は理解した。でもそうではなかった。

時が経つにつれてジワジワと湧き上がってくる感情は、それこそ初めて感じる類のもので、表現できない痛みが襲ってくる。痛み、なのか？　それさえも分からない。気道が塞がれたような息苦しさと、外耳から内耳へと駆けあがっていくような脈の速さ。耳の構造なんて意識したことなかったのに、否応なく感じる耳の奥で起こる拍動に、脳が揺さぶられているようだ。そんな、耳が音として感じる脈拍なんて、ありはしないのに。

きっとそれは錯覚でしかないのだろうけど、俺の中の動揺が生み出したその感覚こそが、俺の中の真実であるような気がした。ずっと見つけられずにいた、たった一つの真実。

——リカを、失いたくない。

失って初めてその大切さに気づくだとか、よく聞く話だけど、そんな間抜けな状態に自分が陥るとは思いもしなかった。

体中の感覚がへんに研ぎ澄まされていくのを感じる。息苦しさ、喉の奥と目頭の熱さ、なぜか後頭部で感じる拍動、キン…と甲高い音で響く耳鳴り、どこのものか分からない痛みに思わず目を閉じ、瞬間的に遮断される視界。一瞬の暗闇の直後、うっすらと光が射してくるのと同時に頬を何かが伝っていく。それが妙にこそばゆくて手を触れる。そこで初めて自分が泣いていることを理解する。

——何だ、これ……。

濡れた頬を手のひらで拭う。体の反応に心が追いつかないことに苦笑する。なんだか、滑稽だ。ずっと、心がないと思ってきた。人に対する情が薄いのだと思ってきた。でも、もしかすると、本当はただ鈍いだけだったのかもしれない。自分の心の動きに鈍感だっただけなのかもしれない。

正しい行動と正しい思想を教えこまれすぎると、頭ばっかりが働いて、心が鈍くなるのかもしれない。そんなことを考えるでもなく思い、少し長めに息を吐き出した。体の感覚はこんなにも冴えわたっているのに、自分の心ひとつ摑めないことに情けなさが込み上げてくる。

「自分の心だから自分が一番分かってるなんて思ったらダメですよ。心は時に、自分にだって嘘をつくんだから」

いつだったか美波に言われた言葉を思い出す。あれは、どういう会話の流れで出た言葉だったのだろうか。記憶を辿ろうとするのに、どんどん思考は閉ざされていく。もう思考なんて必要なかった。この瞬間、心が感じることが全てだった。

——リカに、会いたい。


喪失感を抱えながら、いつもと同じ朝を迎える。営業先に向かう為、ラッシュを少し過ぎた電車に乗り込む。車内はほぼ満席の状態で、優先席だけが空いている状態だった。目的地までは三駅しかなく、いつもなら席が空いていても座らない距離だが、ひどく疲れていた為、優先席の端に腰をおろした。俺の隣二席分を残したまま、電車は動き出した。次はハブ駅だから、きっと乗車降車ともに多いだろう。運がよければこのまま座れるが、一駅で立たないといけない可能性の方が高い。小さく息を吐いて目を閉じる。

ふと、想像する。一人で三人分の座席を占領して俺は眠っている。少しずつ乗客が増えていく中、目の前にお年寄りが来ても、かまわず眠り続ける。だって俺は疲れていて、どうしようもなく眠いのだから。

ただただ眠いのだ。もう絶対に起き上がってなどやるものか。優先席が何だっていうんだ。何が正しいかなんて考えたくもない。だって、知っているのだから。

体と頭に染みついた正義が、今はただただ重いのだ。心とチグハグな正しさの破片なんて捨ててしまえ。そんなもの、クソくらえだ。

他人の非難の目をよそに俺は眠り続ける。耐え切れないほどの重さが、眠気として俺の体にのしかかる。

正しさも優しさも、どうでもいい。俺は大切なものを失ったのだ。誰も、この眠りを邪魔しないでくれ。

意識の片隅で、プシューッと扉の開く音がする。そこで想像は一旦途切れ、俺はうっすら目を開ける。降りる人が数名いたが、乗車する人が思いのほか多く、すぐに俺の座る優先席も埋めつくされる。扉が閉まる寸前、明らかにお腹の大きな女性が乗ってきた。

俺は心の中で呟く。

――クソくらえだ。眠らせてくれ。

次の瞬間、俺は何の迷いもない動作で席を立ち、目の前の妊婦に笑いかける。

「どうぞ」

女性は恐縮したように頭を下げ、素直に受け入れた。

「ありがとうございます」

腰をおろした女性は、とても大事そうに大きなお腹に手を当てて、フゥ…と息を吐いた。

俺は扉付近のつり革につかまりその姿を眺めると、もう一度目を閉じた。そして、思う。

心がなくても頭で分かるならそれでいいか、と。自分よりもその席を必要としている人間がいると分かるなら、それはそれで自分の中にある「正義」なのだと思うと、もうそれでいいような気がした。

心は自分が思うよりも、もしかすると動いているのかもしれないから。リカへの想いがそうであったように。そんな、少し悲しくも切ない現実を、ただ悲しいだけではない感情で受け入れようとしている自分にうっすらと希望を抱きながら、俺は目的の駅で降車した。

外に出ると、朝の空気は一気に冷たく肌寒いものへと変わっていた。

夏が、終わったのだ。

カメレオン

「運命」なんて、感じた者の負けだ。


この子は、なんだか犬みたいだ。

やたらと人懐っこいところも、無造作にハネる栗色の髪の毛も、昔、実家で飼っていたゴールデンレトリバーのゴン太を思い出させる。優しさと無邪気さが同居したような濡れた瞳で、鏡越しに私を見つめてくる。

「美波さん、分け目、ここでいいですか？」

私が頷くと、「じゃ、乾かしていきますね」と、ドライヤーのスイッチを入れる。

頭のてっぺんから温かい風が下りてきて、額を撫でる。時折、勢いあまって頬と鼻のあたま辺りを温かい突風が走り抜ける。風の勢いに負けて、私は思わず目を閉じる。その瞬間、部屋の奥から声が飛んでくる。

「純大《じゅんた》、風が顔に当たりすぎてる」

「あッ、ゴメンなさい。美波さん、熱かったですか？」

純大はゴン太がイタズラをして怒られた時のような、何とも言えない情けない表情で謝ってくる。

「ううん、大丈夫だよ」

本当は目がシバシバしていたけど、そのあまりにも情けない顔を見ると、本当のことなんて言えない。そして、チラリと声の主の方に視線を送ると、恭平さんが片手でゴメンのポーズを取っている。私はそれに小さく首を振って応える。

「美波さんって、ライブ行くほどマゼラン好きなんですよね。実はオレも好きなんですよ。いいっすよね、マゼラン」

髪を乾かしながらの会話は、声を張らないといけないからあまり好きではなくて、私は頷いて曖昧に笑う。それでも純大は楽しそうに喋り続ける。

「いいなぁ……。オレもライブ行ってみたいんですけど、今までライブとかって行ったことないから、よく分かんないんすよね。あれって、ファンクラブとか入ってないとダメなんですか？」

最後を疑問形にされてしまうと、笑って誤魔化すだけでは感じが悪くなってしまうから、仕方なく口を開く。

「入ってなくてもチケットを取ることはできるけど、確率は格段に低くなると思うよ。ファンクラブに入ってても絶対ではないから」

「やっぱ、そぉッすよね……」

純大は〝ションボリ〟という表現がピッタリの情けない顔になる。コロコロ変わる表情は、やっぱりどこまでも犬みたいだ。あまり空気を読むことなく、野放しの興味をぶつけてくるその様は、私の中になんだか嫉妬のような感情を生み出す。

——無邪気だな。

こんなふうに無邪気でいられたのは、いつ頃までだっただろうか。

ふと、純大の年齢を考える。確か、高卒で見習いとして一昨年の春に入ってきたから、今年二十一歳とか、そんな感じのはずだ。一歳しか変わらないのに、なんだかその差はとても大きい気がした。もしかするとそれは、年齢の問題ではなく、純大という人間の素質によるものなのかもしれないとも思った。

純大の家庭はあまり裕福ではないらしく、純大は夢だった美容師になる為に、働きながら通信制の学校で学ぶことを選んだ。学区的にはわりと裕福な家庭が多く、友人たちは当たり前に親が学費を出してくれるという環境だっただけに、その選択は純大にとってそれなりに苦しいものだったのではないかと思う。同級生には、車の免許を取る為の費用だけでなく、車までも買い与えてもらっているような人もいる中で、純大にとっては、自分のことは自分でやるというのが、一つの大きなルールとしてできあがっているようだった。

そんな環境にありながらも、グレることなく無邪気に真っすぐに自分の夢に向かえるのは、たっぷりと愛情をもらって素直に育ったからなのではないかと思った。その、どこまでも屈託のない佇まいも、そういうところから来ているような気がした。

その話を恭平さんから聞いた時、私は素直な感想としてこう言った。

「すごいね。若いのに、すごくしっかりしてるんだね」

それに対して、恭平さんはキッパリと言った。

「美波ちゃんだってすごいよ。あの天下の美映化粧品の美容部員なんだから。立派なもんだよ」

その物言いがなんだかオジさん臭くて私が笑うと、恭平さんは「なんで、笑ってるんだよ」と不思議そうな顔をした後、すぐに自身もクスリと笑った。

「なんか、今のオヤジみたいだったな」

「うん……ホント、それ」

私が堪らずクスクス笑うと、恭平さんは突然ギュッと私の手を握りしめて、「ゴメンね」と言った。

「何が、ゴメンねなの？」

「こんなオヤジに付き合わせて」

恭平さんは、あくまでも冗談っぽく軽い口調だったけれど、私はその「ゴメンね」の真意を感じ取ってしまって、つないだ手から伝わる熱と同時に、油断すると溢れ出てしまいそうな涙と切なさを必死に呑み込んだ。

私も無邪気なままでいたかったと、純大のションボリ顔を見ながら思い、そのまま視線を恭平さんに移す。常連客らしい三十代くらいの女性と談笑しながら、恭平さんの手は止まることなく動き続けている。

相変わらずキレイだな、と思う。恭平さんの髪をカットする時の手捌きは、一切の無駄がなく、とても速く美しく動く。初めてカットしてもらった時には、その圧倒的なスピードと仕上がりの満足度で、私はやっと自分に合う美容師さんを見つけたと思った。その時は、ただそれだけだった。そこに特別な感情は存在しなかった。ただ、美容師としての信頼があるだけだった。

三年前に恭平さんが勤めていた美容室から独立した時も、ただその腕だけを求めて、私は恭平さんの美容室に移った。その時も美容師と客という、ただそれだけの関係だった。その関係に変化が起こったのは、本当に偶然によるものだった。


「美波ちゃん？」

ライブハウスの入口で入場を待っている時だった。聞き覚えのある声に名前を呼ばれて振り返ると、三人ほど後ろに恭平さんが立っていた。バンT《ティー》を着ていて、美容室で会う時とは全く雰囲気が違っていたけれど、私に気づいて手を振ってくるその笑顔は、よく見知ったものだった。

「うわッ、恭平さんも来てたんですか？　っていうか、今日、日曜なのにお店は？」

「今日は特別だから、前々から早く閉めるって告知してたんだよ」

私と恭平さんが会話を始めたことで、間に挟まれた人が若干、迷惑そうな表情になったから、私は「ゴメンなさい」と言って、後ろの恭平さんのところまで場所を移した。

「いいの？　せっかく前にいたのに」

「いいんです。あんまり早くに入っても、女一人だと最前のど真ん中とかは空いててもちょっと怖いんで」

「確かに。美波ちゃん、そんなに大きくないし華奢だから、つぶされそうだよね」

「ライブに行き始めの頃に、何も知らずに前から五列目くらいのど真ん中を陣取って、危うく窒息死しそうになったことあるんですよね」

「ライブハウスの時は、特にみんな激しいからなぁ……。たまに具合悪くなって担ぎ出されてる人いるよね」

「そぉなんですよ。今日はせっかく整理番号十一番なんていう若い番号を引き当てたから、初の最前で、て思ってたのに、一緒に来るはずだった友達が来れなくなっちゃって……。一人だったら安全を考慮して端の方かなぁ……て」

ライブハウスなどで行われる席のないスタンディングタイプのライブでは、チケット取得の際に整理番号が割り振られて、番号が若い順に入場でき、好きなスペースを陣取ることができるシステムになっている。中ほどで入っても、端の方なら意外と前が空いていたりすることもあるが、最前ど真ん中は、やはりひと桁台でないと、なかなか難しい。

初の最前ど真ん中狙えるかも、と意気込んでいたのに、まさかの友人の体調不良で一人参戦を余儀なくされた私は、楽しみが大きかっただけに、ガッカリ度も大きかった。

「実は俺も、こんな若い番号初めてなんだよね。もう十年くらいライブ行き続けてるけど、五十番台が今までのマックスだったから。俺は嫁と来るつもりで子供たちも両親に預ける予定だったのに、嫁が仕事でトラブッたとかで来れなくなったんだよね。急だったから他に誰も誘えなくてさ……」

「そうなんだ……。でも、まさかこんな所で会うとは思ってなかったです。マゼランが好きっていうのは聞いたことあったけど、日曜のライブで会うなんて、まずないと思ってた。私も接客業だから、基本的にはあまり日曜は休めないし……。今回は私も特別だから、と思って、なんとか休み入れてもらったんですよね」

私たちが「特別」と話していたのは、その日がマゼランの結成記念日で、毎年恒例の特別なセットリストのライブが行われる日だったからだ。そのライブでは、普段のライブツアーではなかなか演《や》らないようなレアな曲を演奏することが多くて、私の一番好きな「ジュエル」という曲もこのライブでしかほぼ聴けないものだった。一昨年は演って、去年は演らなかったから、今年はまた演るんじゃないかと期待が膨らんでいた。

「じゃあさ、美波ちゃん、二人で協力して最前ゲットしちゃう？」

「え？」

「友達が来てても、女の子二人だと危ないことに変わりないけど、俺と一緒なら、ある程度守ってあげることもできるし。俺、華奢に見えるけど意外と筋肉あるし」

そう言って恭平さんは、右腕を曲げて力《ちから》こぶを出してみせた。私はその姿を見て小さく吹き出すと、「いやいや……、格闘するワケじゃないんで」と言ってみたけれど、ほぼそれに近い状態になることは分かっていたから、素直に受け入れた。

「お願いします」

ペコリと私が頭を下げると、恭平さんは「あッ」と言って考え込む。

「もしかして、友達って、勝手に女の子だと思ってたけど男の子だった？　もしかして彼氏とか？」

「違いますよ。女の子です。短大の時の友達です」

キッパリと言うと、恭平さんはホッとした顔をした。

「よかった。彼氏なら、なんか変な誤解されちゃうかと思って。地元だから、誰が見てるか分かんないしね」

私は一瞬、彼氏がいなくてよかったと言われたのかと思ってドキリとして、自意識過剰な自分が恥ずかしくて、それを誤魔化すように言った。

「恭平さんこそ、私とライブ観たことが奥さんに知られたら、誤解されるんじゃないですか？」

「ウチはね、そういうのは大丈夫。お互い信頼してるから」

何の迷いもなくそう言い切る恭平さんを見て、素敵な夫婦だなと、この時の私は純粋に思った。私もいつか、そんなふうに信頼しあえる人と出会いたいと、心からそう思った。

開場時間を迎えて、待っていた人たちが一斉に会場内に流れ込んでいく。少し後れをとってしまった私は一瞬、恭平さんを見失いそうになったけれど、すぐにステージ中央の真ん前の柵をしっかりと握りしめた状態で手招きする恭平さんを見つけ、駆け寄った。右隣にひとり分のスペースを確保してくれていた。そこからの眺めは初めて見るもので、私のテンションは一気に上がった。

アリーナクラスの会場と違って、ライブハウスのステージと客席は本当に近い。頑張れば手が届きそうな位置にマイクスタンドが立っている。

——ヤバ……。

興奮を隠せない私は、いつにない勢いで喋り続けた。マゼランを好きになったきっかけや、どの曲が好きで、いつのライブが良かったか。ライブが始まるまでの約一時間、私は延延と語り続けた。狂ったように喋り続ける私に、恭平さんはとても優しい瞳で、でも激しく頷きながら、共感してくれる。それが嬉しくて、私はまた喋る。

ひとしきり私が喋り終えた頃、それを待っていたように恭平さんは口を開いた。

「美波ちゃん、俺が担当するようになって、もう結構経つけど、こんなに喋ったの初めてだよね。マゼランの話題になったこともあるけど、そこまでとは知らなかったよ。お店でも、もっと喋ってくれてよかったのに」

恭平さんはそんなふうに言ってくれたけど、私は心の中で「とんでもない」と思う。そんなところで喋り始めてしまったら、きっと他のお客さんにもスタッフにも迷惑になる。好きな人や物の話は、片手間にはしたくない。想いを簡潔にまとめてしまうと、そこには少なからず嘘が生まれてしまう。当たり障りのない言葉で「好き」をまとめたくはなかった。どこまでも真剣に「好き」を語りたい。だから、仕事をしている相手に対してそんな話は、とてもじゃないけどできない。時間をかけて、心と寸分違わぬ言葉を探して、言葉を尽くして、語りたいのだ。そんなようなことを私が言うと、恭平さんは小さく笑って、そして「分かるなぁ……」と言った。

ライブ前の高揚感も手伝って、熱く語りすぎてしまった私は、引かれる予感はあってもそこで共感してもらえるとは思ってなかったから、その「分かるなぁ」が、やけに胸に響いて更に気持ちが高まり、目の前のマイクスタンドの近さと、あと十分ほどで始まるライブ前の会場の熱気も相まって、軽い目眩のようなものを覚えた。

その瞬間、後方から一気に人がなだれ込んできて、私は柵に押しつけられて、ちょうどみぞおちの辺りを圧迫される。オエッと思うよりも早く、その圧迫は一瞬で解かれ、その理由を知る。恭平さんが、私の後ろに腕をまわしてガードしてくれていた。私を挟むような形で柵を両手でつかんで、腕の力で柵との間に空間を作ってくれている。お互いの体が密着してしまわないよう、体は私の左側に置いたまま、腕だけで闘ってくれていた。

「ありがとうございます」

私がお礼を言うと、恭平さんはニヤリと笑って、「やっぱり格闘だったね」と楽しそうに言った後、すぐに険しい顔になって、「困るよね、マナー違反」と後方を一瞥する。

たまに、整理番号が後ろの方なのに、前方に行きたいが為に無理矢理人の間に割って入ったり、強行突破で体当たりしてくるような人がいたりする。そのせいで、せっかく陣取ったベスポジから弾き出されてしまうことがあって、何度か悔しい思いをしたことがある。津波のように押し寄せてくる人の波は、波が生まれたところから遠くなればなるほど、その力は大きくなりダメージは深刻になる。

でも、この日の私は恭平さんという強固な砦を手に入れたことで、ライブが始まってからも、最後まで安全に、何にも邪魔されることなく、目の前のマゼランに集中できた。

聴覚と視覚は勿論だけど、至近距離で感じる音は、触覚にまで訴えてくる。ビリビリと電流のようなものを感じて、全身に鳥肌がたつ。ビートが胸に響いて、メロディーが鼓膜を撫でて、歌声がこめかみの辺りに鼓動を生む。そして歌詞が、目頭と喉の奥の方に熱の塊をつくって、私の体は束の間、私の体ではなくなる。この瞬間が、とてつもなく好きだった。いつもより近い分、それはもっと特別な感覚を連れてくる。

全ての感覚に集中して、私は全身でマゼランを感じつくす。

――嘘、だった。

私の集中を邪魔するものが、一つだけあった。左側に感じる体温が、時々私の意識をさらうことに気づかないフリをしようとして、そこに意識が向かっていた。

トクトクと鳴っている鼓動は、最前列の興奮と高揚感によるもので、それは恭平さんに対するものでは決してない。言わば吊り橋効果のようなもので、恋愛のドキドキではない。そんなふうに否定しながら、恭平さんの「分かるなぁ……」が、やけに心地よく胸をくすぐる。それは、マゼランが私の中で特別な存在に変わった時の感覚に似ていて、動揺を隠せなくなっていく。

衝撃と、高揚と、浮遊感がごちゃ混ぜになって、最終的に何とも言えないくすぐったさだけが残る。サワサワと胸が落ち着かないのは、特別な日に特別な場所で、特別な演奏と特別な歌声を聴いているからなのだと、言い聞かせている自分こそが、もう認めてしまっていたのかもしれない。

そして、何よりも私に運命的なものを感じさせたのは、アンコールはやらない主義のマゼランが、自ら「もう一曲だけ」とセルフアンコールで演奏を始めた曲が、「ジュエル」であったということだった。

人生はチョロイ。

高校二年生くらいまで、私はそんなふうに思っていた。幼い頃から、「可愛い」だとか「キレイ」だとか、周囲に持ち上げられ、ちやほやされて育ってきた。とりあえずニコニコ笑っていれば大概のことは許されたし、なんならプラスα《アルファ》のラッキーを手にすることができた。

なんとなく雲行きが怪しいと感じ始めたのは、高校に入ってから二人目の彼氏にフラれた時だったように思う。中学から数えれば通算五人目の彼氏で、周囲からは「恋多き女」と密かに噂されていた。でも、実際のところは、ただ単純に私がフラれているというだけのことだった。

「つまんない」

「思ってた感じと違う」

付き合い始めて三ヵ月くらいで、大体いつもそんな感じのことを言われてフラれるということを繰り返していた。

思い当たるふしはあった。「恋多き女」と噂される女の実態は、ただただ恋愛偏差値の低い女だった。自分を見せることが恐ろしく下手……というよりは、きっと見せる「自分」がなかったのだ。

あの頃の私は、嫌われることが怖くて、全てを相手に合わせようとしていた。どこに行きたいのか、何を食べたいのか、何も主張できなかった。ただニコニコと相手に合わせていれば、愛し続けてもらえると思っていたのかもしれない。そして私は、相手に合わせることが苦痛ではなかったし、むしろそれが幸せなことなのだと思っていた。相手が望む自分であることで、相手も自分も幸せになれると思っていた。

私はきれいに相手に染まっているつもりで満足していたけど、もしかするとそれは、彼らにとっては打っても響かない、とてもつまらないものに感じたのかもしれない。そういう性質は恋愛においてだけではなく、私は全てにおいて、とにかく流されやすかった。服を選ぶ時も、髪型を決める時も、似合いそうと言われたものを選んだし、彼氏だって、告白されて、友達から「イケメンだし、いいじゃん。お似合いだよ」と言われて、なんとなくその気になって付き合ったりした。それでも、そうやってチョイスした全てを本当に好きになったし、大事だとも思った。そこに嘘はないと思っていたけど、本当のところは分からない。そう、思おうとしていただけなのかもしれない。

自分の本当の意思が一体どこにあるのか、自分ですら分からなかった。確固たる「好き」も「欲求」も、全てが見えなくて、他人がイメージする自分でいようとしていた気がする。

その反面、「勿体ない」と言われることがイヤでしかたなかった。

「美人なのに勿体ない」

「美人なんだから、モデルとかCAとか、もっと華やかな世界を目指せばいいのに」

「美人なんだから、そんな平凡な人生を選ばなくても……」

――美人なんだから。

訳の分からない美人最強説を唱えてきては、吐き捨てるように「勿体ない」と言うのだ。

私は、ただ普通に恋愛をして、幸せな結婚がしたいだけだった。でも、それでは勿体ないと、他人《ひと》は言う。余計なお世話だとイラ立ちながら、本当は、その「勿体ない」に流されそうになってしまう自分が一番キライだった。

そうか、勿体ないのか。何かやらなきゃ、勿体ない。普通に恋愛をして結婚するだけでは、勿体ない。自分が本当に望むものよりも、その思想に流されそうになる。

簡単に他人の意見に流され、雰囲気に流され、染まってしまうのだ。カメレオンみたいに。そこに同化してしまう。まるで、自分なんて元々いなかったかのように。

外見で目立ってしまう私は、きっとそれ以上突出したくなかった。出る杭は打たれるじゃないけど、その外見だけで、敵意を剝き出しにしてくるような人も少なからずいたから。

特に学生の頃は、その集団の中で浮くことなく、いかになじむかが重要だった。確固たる自分があれば、何を言われてもされても平気だったかもしれないけど、私には何も確立されたものがなかった。だからできるだけ目立たないように、波風を立てないように過ごしたかった。結果、どうしようもなくつまらない人間になってしまっていた。そして、そんなふうに目立ち過ぎないよう、飛び出し過ぎないよう、周囲に染まっていく自分を、自分自身が好きになれずにいた。

「きっと似合うよ」と言われた派手めの服を身につけながら、その意見に染まりながら、身を隠すような矛盾を抱え続けているような、カオスの中で生きていた。

「勿体ない」と吐き捨てた彼らは、もしも私が「勿体なくない」人生を模索して、仮に私がそれを見つけたとしたら、今度は私から黙って離れていくか、もしくは杭を打ちにくるのではないかと思った。

　どうすればいいのか分からなかった。何をしても、しなくても、結局人は私から離れていくのではないか。そんなふうに勝手に孤独を感じていた。

「自分」がなくて、若くてキレイという、そこにしか価値がない私には未来がない。いつか必ず失うと分かっているものから自由を奪われているような気がして、なんとなくやり切れない気持ちになってくる。

　うちの家系はどうやら遺伝的に太りやすい。母も昔は美人だと評判だったらしいけど、四つ下の妹を産んだ辺りからブクブク太り始め、同窓会なんかに行くとガッカリされる典型のような変貌ぶりだった。母の母、つまり祖母もそうであったし、母の妹も二十代後半から太り始めたから、それはやはりきっと、遺伝的要素が強いのだろうと思った。

　でも、母はそれを全く悲観はしていなかった。母は食べることが大好きで、料理も好きだし、上手でもあった。結婚してから二十年以上、私たち家族の為に毎日おいしい料理を作ってくれた。母はいつも幸せそうだった。それはきっと、父が母のことを大好きだったからなのではないかと思う。

　父は母が太ったことなど全く気にしていない様子で、それどころか、おいしいものを幸せそうに食べて太っていく母を、嬉しそうに見ているようなところがあった。明確な「幸せの形」を持つ夫婦だと、私はそれを羨ましい気持ちで見ていた。

私もこんな結婚がしたいと、ずっと思っていた。いずれ失う若さも美しさも、その幸せの前では大した意味を持たない気がした。父が愛していたのはそんなものではなく、母のもっと内なるもので、明確な「好き」を持ち、それによって幸せを得る母の朗らかさであり、健やかさであるような気がした。

明確なものを持たない私は、それが羨ましくてしかたなかった。付き合ってはフラれを繰り返す中で私は、何ひとつ「これが私だ」と主張できるようなものがない自分のままでは、きっと愛してはもらえないのだということを悟り始める。そんなタイミングで、母が昔からの夢だったという小料理屋を始めたものだから、母への羨望は更に強くなる。

——ズルい。

そんなふうに思った。

父から愛され続けていることだけでも、私には叶わなかったものを持っているのに、そのうえ夢まで叶えてしまうなんて……。いや、夢を叶えたことよりも、母が夢を持っていたということがショックだったのかもしれない。

母は、私にとってはいつでも母だった。それなのに、疑いようもなく「母」だと思っていた人が、突然「人」になったような感覚だった。一人の人間としての人生がそこにはあるのだと思うと、当たり前のことなのに、なんだか不思議でもあり、何よりも、激しい嫉妬を感じた。

母にあって私にないものはたくさんあるのに、私にあって母にないものは若さだけであるような気がした。太ったことで昔のような美しさは影を潜めはしたけど、母はいつだって幸せそうで、楽しそうで、生き生きとしていた。その姿はとても美しかった。その正体が何なのかを、私は初めて分かった気がした。母はきっと、自分の「好き」を全うしたのだ。だから美しいのだ、と。

私にあって母にはない「若さ」は、いつか私も失っていくもので、その時は、そう遠くはない未来の話だ。

何も、なくなってしまう。自分の持ちゴマがなくなってしまう。そんなふうに考えると、どうしようもなく未来が怖くなった。何も持たない私が、遺伝子のイタズラによってやはり太ってしまった時には、私はきっと母のように美しくはいられない。

だって、何もないのだから。

「好き」も「夢」もないのだから、容姿が崩れた瞬間に、自分を好きになってくれる人がいなくなる。そう、思ってしまった。

マゼランと出会ったのは、そういう悶々とした想いを抱き、人生につまずき、どこに向かって進めばいいのか、完全に見失っているような状態の時だった。望んでいた幸せな恋愛の末の結婚はとても遠いもののように感じられ、誰も本当の私を知ったら去っていくのだと思うと、何か確固たるものを見つけないといけないような気がした。でもそれが何なのかは分からなかった。

高三の時、私は時間稼ぎのようにして短大への進学を決めた。特に学びたいこともないのに大学に行くことはさすがに憚られ、就職するにはあまりにもビジョンがなさすぎた結果の選択だった。そして、そうやって進んだ短大一年の夏に、運命的な出会いが待っていた。

音楽は嫌いではないし、むしろ好きだと思うけど、なくてはならないかと言えば、そんなことはない。そんな程度の私を、当時の彼氏は夏フェスに連れて行こうとした。もう、さすがにその頃には、どれだけ相手に合わせようとしても、結果フラれるということを知っていた私は、暑さを理由に断ろうとしていた。それをムリヤリ押し切られて泣く泣く付き合った私は、人だかりも暑さもやっぱりムリで、会場には行ったものの、ほとんどテントの下で座っていた。

ステージの近くで一緒に観ないと意味がないのではと思いはしたが、当時の彼氏は、彼女を連れては行きたいけど、ずっと一緒にいる必要はないという、少し変わったタイプだった。目的地までの道中のヒマつぶしなのだろうかとも思ったが、そういうわけでもなさそうだった。

私としては、別行動でオッケーなら一緒に行かなくてもいいじゃないかという想いが強かったけれど、子供のように懇願してくる顔を見ると、イヤとは言えなくなってしまうのだった。アクティブなタイプではない私は、休日に出かけること自体が億劫だったけれど、家にいたからといって、特別やらないといけないこともやりたいこともなかったし、たまには知らない世界を覗いてみるのもいいか、とそのくらいの気持ちだった。

ライブというものに行ったことのなかった私は、とにかく全てに圧倒されていた。ステージが四つほど設置されたそのフェスは、国内ではかなり規模の大きなフェスで、三万人以上の人が会場に訪れていると聞いた。

暑いし、人ばっかだし、知ってるアーティストは少ないし、どこにどういればいいのか分からない状態で、私は激しく後悔していた。

こんな、右も左も分からないような状態の私を放ったらかしにするなら、一人で勝手に行けばいいのに。アイツは一体何時までいるつもりなのか。そもそも何時までやっているのか。いくつもステージがあるような会場で、一人でいる不安たるや……。なんだか、どんどん怒りが湧いてきて、もう帰ってやれという気持ちが膨らんできて、スマホを手に取った。つながるかどうか分からないけど、もうつながらなくても帰ってやる。そんなふうに思いながらメッセージを送る。

「帰るね」

それを見た彼氏がどう思うのか分からなかったけれど、もう、どうでもよかった。暑いし、しんどいし、退屈で全てにウンザリしていた。

立ち上がって一歩足を踏み出そうとした瞬間、それを阻止するかのように、テントに備えつけてあるミストの吹き出し口から細かいシャワーが降りそそぐ。まるでお天気雨のようなその様は、私の心を少しだけ柔らかくする。

八月頭の、ど晴天の眩しすぎる太陽は、主張が強すぎて吐き気すら感じていたけれど、そんなふうにテントの下で、ミストの透き間から零れてくる光を浴びるのは、存外心地がよかった。普段あまり外に出ない私は、なんとなく太陽から貴重な栄養分をもらっているような気になる。

テントから一歩出れば地獄の陽光も、こんなシート一枚で随分と暑さもうすれるのだと感心する。勿論、ミストとサーキュレーターあってのことなのだけど、私はまるでテントを自分の命綱のように感じる。

今、外に出れば確実に私の命は奪われる。そんな大袈裟な思考に支配され、私は浮かせた腰をもう一度下ろし、地面にお尻をつける。さっきまでは座り続けていて気づかなかったけど、地面もヒンヤリとして気持ちがよかった。首すじにかいていた汗もひいて、ふと手をやると驚くほど肌が冷たくて、自分が生きていることを実感する。

生きてる体って、スゴいな。ふと、そんなことを思う。今、私の体は汗をかくことで体温の上昇を抑えている。特に頭で考えなくても、体は普通に生きてるだけで働いているのだと、なんだか妙に誇らしくなる。私の意思なんて関係なく、生きることをちゃんと全うしている自分の体が愛おしくなってくる。

少し前まで、彼氏に対して猛烈に怒っていたことも忘れて、私はテントがつくる〝命の泉〟を満喫し始める。それまで、フェスだということも忘れるほど、暑さと怒りに意識がいっていたけど、快適な空間を手に入れたことで、初めてステージにちゃんと目を向ける。

テントからステージまでは遠すぎて、肉眼で確認はできなかったけど、ステージ両端に設置されたモニター画面を観ると、なんとなく知った顔の五人組ロックバンドが、なんとなく聴いたことのある曲を演奏していた。

最前列で観ている人たちは異常なほどの興奮状態で、こぶしを突き上げたり、頭を振ったりしている。この暑さの中、あんなに激しく動いて、倒れたりしないのだろうか。彼らはライブの為に鍛えたりしてるのか？　と、素朴な疑問が頭をかすめる。熱中しすぎて、逆に暑さなんて感じないのだろうか。

不思議な気持ちでその光景を眺めていると、なんだか羨ましくなってくる。あんなふうに何かに熱中したことなんて、今まで一度もなかったな、と思う。

身を削るほどに何かに熱中したことも、なりふりかまわず好きなものを追いかけたことも、何がなんでも手に入れたいと祈るような気持ちで手を伸ばしたこともない。

ずっと、私の人生は凪いでいたように思う。「美波」と名づけてもらったのに、私の中に波は起こらない。起こったとしても、せいぜいさざ波のようなもので、簡単に呑まれて消えていく。瞬間的に、そんな想いに捕らわれる。

――つまんない。

それは歴代の彼氏の声ではなく、紛れもなく私の声だった。

ボソリと小さく声に出してみる。演奏の音と、人々の歓声や歌声にかき消されて、声の主であるはずの私自身が、その呟きを見失う。

最前列の彼らが妙に眩しく見える。それはガンガンに照りつける太陽のせいだとか、そういう物理的な効果のものではなく、彼ら自身が発するエネルギーによるものだった。彼らは心から楽しんでいるように見えたし、彼らが発散するエネルギーが確実にステージの上にも伝わり、パフォーマンスは更に熱を帯びる。その相互作用が周囲にも伝播していく。


なんだか、スゴい。そう、思った。

エネルギーが目に見えるということを、この時私は初めて知った。たまにテレビとかでフェスの映像を見た時には、ただただ大勢の人が人混みの中で熱狂している姿を、異質なものとして信じられない想いで見ていたけど、直にその光景を目にすると、その印象は全く違うものに変わった。

物理的な外からの熱と、人が持つ内からの熱で、その場の空気は何とも言えない高揚感を生み出して、熱狂の渦ができあがる。

——あの中に、行ってみたい。

そんなことを思ったのは初めてだった。暑いところも人混みも大嫌いなのに、あの熱を味わってみたい、と衝動的に思った。そして、気づいたら私はテントの外に立っていた。

命を奪われるとまで思った灼熱の太陽の下で、私はその熱を、ただただ暖かいものに感じた。きっとそれは、「暖かい」なんて表現できるような類のものではなかったはずなのに、ただ暖かくて、心地がよかった。

私はステージの方に向かって歩き始めた。引き寄せられるように、誘われるように、人と人との間をすり抜けて、ステージへと近づいていった。フェスの会場はとても広くて、ステージ後方は人もまばらで、途中まではスムーズに前へ進むことができたけれど、中ほどから急に人が密になる。それでも、ステージ前方の端の方はいくぶん余裕があって、私はよりステージに近づく為に進んでいく。

少しずつ熱さを感じ始めるけれど、それが太陽によるものなのか、人々の熱気によるものなのか、もはや判断できなかった。ただ、その人々の熱狂を近くで観たいと思った。ステージ上のアーティストを観るというよりも、観客の熱を感じたかった。ステージ前方は、明らかにそのアーティストのファンたちが占めていて、ステージ後方とは温度感が全く違っていた。

――もっと。

もっと近づきたい。そう思った。

ここは欲求の塊だ。

「好き」と「欲求」によって生まれたエネルギーが、健全に発散されていく。私の、知らない世界。

みんな、どうやって好きなものや欲しいものを見つけるんだろう。素朴な疑問が浮かんでくる。もしかすると私は、心の感度が低いのだろうか。そんなふうにも思う。

そんなことを考えているうちに、目の前の人たちが熱狂するバンドの演奏は終わり、彼らはステージを去っていく。その瞬間、束の間の落胆と新たな高揚が混在したザワつきが拡がる。

「終わっちゃったねー」

「次、マゼランだけど、どうする?」

「オレ、あんま好きじゃないから、いいかな。何か食いに行こうぜ」

「あ、前空いたよ。ラッキー」

様々な想いと、思惑が交錯する。

皆、好きなアーティストが演奏する時は、できる限り前で観たいというのが、共通の想いであるようだった。興味のない私でも、そこは容易に理解できた。

――次は、マゼラン。

人々の会話の中から聞こえてきたバンド名を心の中で繰り返して、記憶を辿る。確か、中学の頃に観ていたドラマの主題歌がヒットして話題になった人たちだ。そのくらいの認識だった。

その主題歌は切ないバラードだったけど、フェスでもバラードとか演《や》ったりするのかな。フェスという場では、盛り上がる曲しか演らないという勝手なイメージを持っていた私は、そんなことを考える。

当時、そのドラマにハマっていた私は、主題歌も好きでよく聴いていた。でも、だからと言って、マゼランの他の曲を聴くようになることはなかった。何に対しても、わりとそういうところがあった。

好きなドラマも、好きな曲も、その時は本当に好きだけど、それ以上には拡がらない。ドラマが終われば、いつの間にか冷めてしまっている。

ドラマを観て、主役の俳優さんを好きになって、そこからずっと追いかけているだとか、ある曲をきっかけにして、そのアーティストにハマッてライブにまで行くようになるとか、そういう話を聞くたびに羨ましいと思っていた。熱中できるものに、どうやれば出会えるのか分からなかった。

どうして、私の「好き」は続かないのだろう。

マゼランの登場を前にして、ドキドキとワクワクを隠さない彼らの表情は、どこまでも生き生きと輝いていた。子供のような素直さで、楽しみを待っている。

私はそんな姿を見ながら、前方がマゼランファンに入れ替わっていくのに乗じて、前から十列目くらいの場所までたどり着いていた。中央から少し外れてはいたけれど、充分にステージが近くに見える場所で、マゼランファンの中でなんとなく息を潜めて立っていた。そこに、染まりたかったのだと思う。

ドラマの主題歌以外の曲はほとんど知らなかったけど、まるであたかもマゼランファンであるかのような佇まいで、私はそこに居た。

ステージ上では、スタッフが機材を入れ替えている。フェスが初めての私は、この間の時間がどれくらいのものなのか分からなくて、再び熱さが気になり始めていた。ペットボトルの水は残りわずかになっていて、熱中症の心配が頭をよぎる。

さっきまでの熱狂が嘘のように、今は少しのザワつきと、どこかソワソワした空気が流れているだけで、そこに「好き」の存在しない私は、どことなく宙に浮いたような疎外感を感じる。それは当然だろう。ただ、熱狂する人々の熱を感じたくて、そこに居るだけなのだから。

そのままそこに留まるべきか、少しの迷いが生まれる。熱狂が去ると急に冷静さが蘇ってきて、そこに立ち続けることが少し怖くなってくる。そんな逡巡を覆すように、会場からワッと歓声があがる。

始まったのかと思いステージに目を向けると、徐ろにドラムを叩き始める人物がいて、もう一度、更に大きな歓声があがる。その顔には見覚えがあった。ちゃんと顔を覚えていたわけではないが、マゼランのメンバーの一人で、どうやら音の確認の為に出てきたようだった。

キャーーッという女子による黄色い歓声と、まるで怒号のような、男子による低音の雄叫びが響いてくる。

ドラムの音が鳴り響く中、観客の歓声は鳴りやまず、さっきのバンドまでの空気感とは明らかにレベルの違う、高揚と熱狂と興奮が、更に気温を押し上げていく。

――暑い……いや、熱い？

そんなことを思った瞬間、今度はドラムの音にかぶせるようにして、ギターの音と歌声が聴こえてくる。姿は見えないけど、ステージ裏でボーカルが歌っているようだった。

再び歓声があがり、一気にボルテージが上がった。会場内から歌声が聴こえ始める。まだライブは始まっていないのに、チューニングの段階で大合唱が起こっている。

――何、これ？

私はただただ驚いて周囲を見回す。そして、もう一度驚く。

歌いながら歓喜の表情を浮かべる観客たちが、発光して見えた。汗と太陽の光と喜びに満ちた表情が合わさって、そこに確かな輝きが生まれていた。眩しさに一瞬目を閉じそうになった私は、負けてはいけないと、必死で目を見開く。

ギラギラと輝く太陽にも負けない彼らのエネルギーに、完全に圧倒されていた。そして、それを生み出しているのがマゼランというバンドなのだと思うと、この後に始まる彼らのパフォーマンスが一体どんなものなのか気になって、想像して、抗いようのない暑さの中で、一瞬ブルッと寒気を感じる。

鼓動が、鳴り始める。ドラムの音に呼応するように、それはどんどん大きく速くなっていく。加速していくその胸の高鳴りに、私はもうなす術もなく、そこで待っていることしかできなかった。

もう微塵も迷いはなかった。私はここでマゼランのライブを観るのだという、強い意志だけがあった。

音の確認が終わってメンバーがいったん捌けた後も、観客たちの興奮は収まることなく、むしろ逆にエネルギーはどこまでも膨れ上がって、爆発の時を今か今かと待っているような、何とも言えない緊張感と焦燥感に支配されていく。

私は、もう完全にファンの一部と化していた。曲が分からないのに盛り上がれるのかとか、楽しめるのかとか、そういう心配は一切なく、ただ、楽しみだという想いだけがそこにはあった。


ワッ……


一瞬のどよめきの後、再びドラムの音が鳴り始め、そこにギターとベースが加わる。たった三人で編成されたバンドなのに、さっきの五人組のバンドよりも、なんだか存在感を感じる。

聞き覚えのあるイントロに、私の期待感は更に高まる。会場の熱も急上昇するのが分かった。最近よく観るスポーツ飲料のＣＭ曲だと分かった時には、あれもマゼランだったのかと頭の片隅で思いながら、それよりも、疾走感のあるさわやかな曲だと思っていたその曲が、生のバンドサウンドでアレンジも加わると、途端に野性的になるのが不思議だった。

一曲目で私は完全に心を摑まれていた。ドキドキが止まらなかった。ギターを兼任するボーカルの歌声は、よく通るハイトーンボイスで、どこまでも高く突き抜けていくような爽快感がある。それでいてどこかザラついていて、キレイなだけではない、ひっかかりをつくる独特の声の持ち主だった。

そして、二曲目に演奏されたゴリゴリのロックテイストの曲では、どこまでも力強くその声は鳴った。力強いドラムのビートと、軽快でアグレッシブなベースと合わさると、その声は自身が弾くギターと共鳴するかのように、楽器のごとく音を奏でる。

――スゴい……。

それ以外、言葉が見つからなかった。

周囲の観客たちはどんどんヒートアップして、激しく腕を振ったり頭を振ったりしている。隣の人の腕がぶつかる。後ろの人にも前の人にも足を踏まれる。ぶつかったことや踏まれたことは認識としてあるものの、そこに怒りやイラ立ちといった感情が生まれることはなかった。ただ感じていたのは、圧倒的な音楽のパワーだった。マゼランというバンドが放つ、音楽の力強さだった。

そこから先のことは、細かくは覚えていない。ただ、圧倒的なエネルギーをもらい、私からもエネルギーが発散されていたという、その事実だけが記憶として残っていた。

この日、マゼランが演奏したのは確か八曲くらいで、そのうち知っている曲は冒頭のC

M曲と、かつて好きだったドラマの主題歌だけだったけれど、最初から最後まで、私の胸が鳴りやむことはなかった。それは、ライブという非日常のなせる業だったのかもしれないけれど、マゼランでなければ、ここまでの想いには至らなかっただろうということだけは、確かな手触りとして感じていた。

そしてこのフェスの帰り道、なんだかとても幸せな気分で歩いている自分に気づいて、それがとても心地よく、そして少しくすぐったかった。

「マゼランと美波ちゃんって、ちょっと似てるとこあるよね」

「え？　どういうこと？」

バンドと一個人が似てるなんて言われてもピンとこなくて、私は首を傾げて、眉間に軽くしわを寄せた。

「ほら、そういう顔をした時の美波ちゃんって、ちょっと怖く見えるから、美波ちゃんのことをよく知らない人が見ると、美人ですましてて、ツンケンしてそうみたいに受け取られがちだと思うんだけど、実際のところは全然そんなことなくて、すごく素直でカワイイじゃない？」

「カワイイじゃない？」で終わられると、そこに頷くと「カワイイ」を肯定しているようになるから、私は更に難しい顔になって傾げた首をキープする。その様子を見て、恭平さんは小さく吹き出す。

「今、ちょっと困ってるでしょ。そこで頷くと、自分で自分のことカワイイって言ってるみたいになるもんね」

恭平さんは時々、意地悪になる。でも、そんなものに私は負けない。

「イヤ、うん……カワイイのは自覚あるから、そこは問題ありません。純粋に、言ってる意味が分かりませんって顔なんです」

そんなふうに返した私に、恭平さんは「素直じゃないなぁ」と言って、我に返ったように「あ、素直でカワイイって言ったのに、素直じゃないやつ出てきたね」と、ワケの分からない呟きをもらす。そして、どこまで本気なのか分からない感じで笑っている。

恭平さんは、ナチュラルに無邪気な人だ。それが恭平さんの最大の魅力でもあり、厄介なところでもある。「軽薄」ではなく、軽やかさを持った人で、その軽やかさがさわやかさを生む。接客業に根っから向いている人だと思う。軽快なトークと間で、人を惹きつける魅力のある人だ。

サラリと気持ちよく褒めてくれるから、客の中には勘違いしてしまうような人もちらほらいて、やたらモテてしまうところが悩ましいところだった。

――勘違い、か。

私もそのうちの一人なのかな。なんて、ふと思い、恭平さんの顔をじっと見つめる。

からませる。

「コラッ。殺意がだだ漏れ」

恭平さんは笑いながらデコピンしてくる。その指を私はすかさず捕まえて、自らの指を

「あ、そんなテクニック、どこで覚えたの？」

どこまでも軽口で応戦してくるから、私は本気で憎らしくなって、「もぉッ……」と更に怖い顔になる。そこでやっと、恭平さんは真面目な顔になって謝る。

「ゴメン、ゴメン。ちょっと、怒った顔が可愛すぎたから」

指をからませた反対の手で、優しく髪を撫でる。

「反則だよね、美波ちゃんは……」

「何が？」

私は怒った顔のまま、もう一度じっと見つめる。

「反則なのは……」

私の言葉を遮るようにして、恭平さんは唇を重ねてくる。

――反則なのは、恭平さんじゃない。

言おうとした言葉を心の中で呟く。

体の芯がグニャリとなるような感覚に包まれる。切なさは、子宮の辺りで生まれて、腰椎を這い上がるようにして胸に到達するのだということを、恭平さんと出会って初めて知った。何とも言えないその感覚が、とても愛しくもあり、辛くもあった。

「若くてキレイ」という、そこにしか価値がない私に未来がないように、この恋にも未来はない。

つないだ指先から伝わる体温は、いつかこの体から離れていくもので、帰る場所を持っているズルい体温だ。そんなふうに考えようとしては、すぐに失敗する。帰るまでの束の間でいいから、愛されたい。そんなことを考えてしまう。

「好き」っていうのは、こんなにも不自由なものだったのかと、これもまた子宮の辺りで感じる。

「反則、だよ」

ふさがれた唇が自由になった瞬間に呟く。

「何が？」

今度は質問が逆になる。

私はそれには答えずに、さり気なくつないだ指をほどく。

「で？　マゼランと私が似てるっていうのはどういうことなのか、説明してごらん？」

切なさを振り払うように、さっきまでつないでいた手で恭平さんの頬をピタピタと叩いて、女王様のようなキャラをのっけてみる。

恭平さんは堪らず吹き出して、「お、新キャラ登場」と言って、なんだか喜んでいる。

本当に無邪気な人だな、と呆れながらも、そういうところが可愛いと思ってしまう自分にもっと呆れる。

「もぉ、話が進まないじゃない」

「いや、今のは俺のせいじゃないでしょ」

恭平さんは小さく両手を上げて反論する。もうその時点では私も笑ってしまっていた。

「で、どういうことなの？」

「うん、マゼランはさ、デビュー当時にアニメの主題歌とかやってて、ファンタジー系とかポップなさわやか系が多かったし、その後も評価されるのは割とバラード系が多かったから、ロックバンドって言われると違和感を感じる人が多いみたいだけど、マゼランの音楽にちゃんと触れて、ライブに足を運んだりすると、そのイメージって一変するでしょ？あんなに熱量を持って音楽をやってる人たちにロックを感じないなんて、お前らの目は節穴か？て言いたくなるじゃない？　あ、耳？　耳が節穴って、言う？　まぁ、いいか。とにかくさ、ずっとそんなふうに思って、ちょっと悔しい想いもしてきたけどさ、最近、思うんだよね」

恭平さんはそこでもう一度、私の手を握ってくる。そのタイミングを訝るような表情で恭平さんを見ると、恭平さんはニヤリと笑う。

「ざまぁみろ、て」

「は？」

私は意味が分からないという顔を全力で作る。

「お前ら、彼らの本当の魅力を知らないなんて勿体ないなぁ。俺は知ってるよ。ざまぁみろ、て」

　どうやら本気で言ってるようだったから、私は呆れ顔になる。

「美波ちゃんはさ、そのルックスから美人で近寄りがたいだとか、冷たそうだとか、クールな印象を持たれがちだけど、実際の美波ちゃんは、好きなもののことを本当に一生懸命に話す熱い人じゃない？　そういう姿を知らないなんて、勿体ないなぁ、て。で、やっぱり、ざまぁみろって」

　恭平さんは満足気にニッコリ笑うけれど、私はツッコまずにいられなかった。

「それって……、私とマゼランが似てるんじゃなくて、恭平さんのマゼランと私に対する想いが似てるだけじゃない？」

「あ、そういうことか」

　あっさりと認める恭平さんは、それでも尚、話し続ける。

「そうかもしれないけどさ、一見そうでないものの本当の姿を見ると、心が震えたり熱くなったりするじゃない？〝ギャップ萌え〟ていうと、ちょっと俺の感覚からは離れちゃうんだけど、まぁ、でも、それに近い感じかな。決して自分だけではないんだろうけど、自分だけが本当の姿を知ってる優越感みたいな、さ」

　握った手に少し力がこもる。どこまでも「反則」な人だなと思いながらも、その込められた力に、また子宮の辺りがキュッとなる。

　恭平さんが使う「勿体ない」は、あの頃、私を苦しめた「勿体ない」とは明らかに違う響きを持っていて、なんだかとても心地よく私の胸に収まって、ジワリと温かさが拡がっていく。

――本当の姿、か。

本当の私を知ったら、みんな私から離れていくと思っていたけど、そうじゃなかったのか、と思う。でも、そこで我に返る。あの頃は「本当の自分」なんて言えるほどの「自分」が、私にはなかったのだと思い出す。

私に多少なりともこれが「自分」だと言える核のようなものができたのは、マゼランと出会ったからだ。

恭平さんが言うように、マゼランのライブを観れば、彼らが本気で音楽をやっているという熱量を感じて、魂の叫びのようなものを感じて、自分の心も熱くなる。彼らは、自分たちが本当に好きなこと、やりたいことを、本気で貫くことで変えられる未来があるということを、全力で届けようとしている。

あの夏フェスで、マゼランと本当の意味で出会ってから、私は彼らのそれまでの楽曲を全て聴いて、彼らの情報をネットで集め、ライブがあると分かれば、時間とお金の許す限り足を運んだ。

経済的には何の苦労もない家庭で育った私は、それまでバイトなんてしたことなかったけど、チケット代と旅費を稼ぐ為にバイトをして、マゼランに関することは、親の力を借りずに全て自分で何とかした。しないといけないと思った。本気で、死にもの狂いで音楽と向き合っている彼らに対して、そうでないと顔向けができないような気がしたのだ。そんなふうに動くようになると、なんだか少しだけ、自分が強くなったような気がした。

夏フェスに一緒に行った彼とは、その直後に初めて自分から別れを告げた。そしてその後しばらく、「恋多き女」は鳴りを潜める。

私は、ただマゼランのことだけを考えていた。「好き」も「欲求」も持たなかった私が、心が震えるものを手に入れてそこにエネルギーを集中したことで、恋愛は二の次になった。

付き合ってはフラれることを繰り返していた頃の恋愛は、ただの恋愛ごっこだったのかもしれないと思った。確固たる「好き」ではなかった。そこに譲れないほどの想いのない、生温《ぬる》い「好き」だったのだ。

見た目だけ、格好だけを取り繕った関係は簡単に壊れる。生温い「好き」はすぐに冷める。恋に恋をしているような、幼いものだったのだと今では思う。あの頃はきっと、彼氏がいるということが大事だった。誰といたいかではなく、誰かと一緒にいる私でいることが重要だったのかもしれない。

焦がれるような想いがあるわけではなく、ただ一人になりたくなかっただけだ。だから、必死に相手に合わせて、嫌われないようにと自らの色を変えていった。元々、自分の色なんて、ありはしなかったのだろうけど。

音楽にメッセージを求めない人たちには、マゼランの音楽は少しやかましく聞こえてしまうかもしれないけれど、真っすぐで、優しくて、強い歌詞が私は大好きだった。

彼らの音楽は振り幅がとても広く、シリアスな曲から遊び心のあるふざけた曲まで本当に多彩で、彼らが真に音楽を楽しんでいることが伝わってくる。その時に自分たちがやりたいこと、伝えたいこと、楽しいと思うこと、そこに嘘をつかずにストレートに自分たちを表現している。そして、その歌詞には一貫した彼らなりの哲学があって、必ず心に何かが残る。

「優しくて、強い」それがマゼランを端的に表す言葉であるような気がした。人間の本質的な部分をサラリとついてくる言葉たちは、時に共感し、時に気づかされ、時に励まされる。けれど決して押しつけがましくはない。力強い言葉であっても、それは強要するような強さではなく、もっと包容力のある優しさに満ちている。

彼らは言葉をとても大事にしていて、それを丁寧に届けようとする。そして、そこに説得力を持たせる為に、彼らが本当に真摯に音楽と向き合い、人生と向き合い、とても真剣に生きているということが端々から伝わってくる。自分もそんなふうに生きたいと、彼らを見ていると感じる。

そんなふうに思っても、それまで欲求も夢も目標も何もなかった私に、いきなり夢や目指すところが見つかるなんてことはなかったけれど、何をすればいいかなんて分からなかったけれど、分からないなら、まずは自分の中にある「好き」を徹底的に追いかけてみようと思った。とことん「好き」と向き合って、とことん追いかけてみたら、その先に何かが見えるのかもしれない。そんなふうに思った。その「好き」は勿論、マゼランのことだった。

本当に好きなものの為でさえ動けないなら、もう何も私には見つけられないし、変われないと思った。それまでと同じように、カメレオンのように周囲に溶けこんで、近い将来、若さを失い、美しさを失い、そのうえ中身もない人間になって、私から人は離れていくのだ。何も手に入れることのできないまま、一人になっていくのだと思った。誰も杭を打ちにすら、来なくなる。そう思った。

彼らの情報を集めていた時によく目にしたのが、「果たしてマゼランはロックバンドなのか？」や「マゼラン人気の意味が分からない」「軟弱ロック」というワードだった。

彼らの楽曲で世間的にヒットしたものは、アニメやドラマのタイアップ曲で、それらは確かにロックテイストの曲ではなく、バラードだったり、ミディアムテンポの優しい曲が多かった。彼らのことをよく知るファンなら、そんな曲にも彼らの力強さを感じるのだろうけど、表面だけをサラリとなぞる世間一般のリスナーにはきっと、その力強さは伝わりづらいのではないかと思われた。

力強いことがロックというわけではないのだろうけど、言いたいことや伝えたいことをありのままに叫ぶ彼らの音楽は、しっかりとロックなのではないかと私は思った。

　もっとも、音楽に関して素人の私にはロックの定義なんてよく分からなかったし、そういうジャンル分けにどれほどの意味があるのかもよく分からなかったから、敢えてジャンル分けをしないといけないのなら、マゼランの音楽は、もはや「マゼラン」なのではないかと思っていた。それくらい、彼らの音楽は何にも捕らわれず、しばられず、とても自由な気がしたのだ。

　ただ、様々な誤解をされてはいても、そのタイアップ曲たちが良い曲だということだけは伝わっていることが、救いではあった。だけどファンとしては、もっと彼らの本当の部分を、ちゃんと理解してほしいという想いが強かった。自分の好きなものを、説得力のある言葉で語れる自分になりたかった。

　マゼランを好きになったことで、私の中でいろんな欲求がつながっていった。好きだから、もっと知りたい。好きだから、それをみんなにも知ってほしい。好きだから、それをちゃんと伝える言葉が欲しい。大袈裟に言うとそれは私の中で起こった革命だった。

　私は自分がどんどん自由になっていくような気がした。誰かが思う「似合う」も「勿体ない」も気にならなくなった。この心に、ちゃんと欲しいものが存在するということが何よりも大事なことだった。ただ「好き」を選べば、それでいい。そう思えた。

　それなのに、恭平さんを好きになったことで「不自由な好き」を知って、「好き」がただ強いだけのものではないことを知ってしまった。私に「好き」の強さを教えてくれたマゼランが私たちを引き寄せ、「好き」の脆さとままならなさを突きつける。なんだか皮肉だな、と思う。

この恋が許されないものであることも、自分がずっと求めてきたものではないということも、分かっている。分かってはいても、離したくないと思ってしまう。脆いくせに強い、この矛盾を抱えた「好き」を、私はこの先どうするのだろう。

貫く覚悟があるかなんて分からない。ただ、理屈ではないこの感情を、今は抱きしめることしかできないのだ。まだ、捨てられない。

あと、少し。もう少しだけ……。そんなふうにつなぐズルいやり方で、一緒にいる道を選んでいる。

かつて私に「勿体ない」と吐き捨てた彼らが今の私を見たら、やっぱり同じように「勿体ない」と言うのだろうか。「キレイなんだから、もっと他に相手はいるでしょ?」と。

いっそ、言ってほしい。そして私をあの頃のように流してほしい。でも、それでも今の私は流されないのだろうと思う。少しばかりの強さを、手に入れてしまったから。今こそ、流されるべき時なのに。

そんな不毛な恋はやめた方がいい、と。

幸せにはなれないんだからやめときな、と。

ハァ……。

思わず洩れた小さな溜め息に恭平さんは反応する。つないだ手に、また力がこもる。その溜め息を受け取るようにして、もう一度唇を重ねてくる。

恭平さんはとても優しい。でも、ズルい。そして、間違っている。

人の目を忍んで会うようになって一年近くが経つけど、キス以上のことは決してしてはこない。体の関係がなければセーフだとでも思っているのだろうか。こんなキス……体を重ねるよりもアウトだ。

体だけの関係だと割り切ってしまえるような関係の方がずっとラクなのに……。そう思ってから、そこに心があるから厄介なのか、と思い直す。心も体も離れられなくなってしまったら、それこそアウトか、と心の中でわざとはすっぱな調子で呟いてみる。

恭平さんの優しさは家族に対するものなのか、私に対するものなのか、それはもう考えるだけ不毛なことのように思えた。

ただ確かなのは、私が恭平さんを好きだということだった。「不自由に」とても好きだということだけだった。このまま時間が止まってしまえばいいのにと思うことしかできなくて、切ない気持ちを押し殺す。これ以上を望まないように。殺しながら、確かな鼓動を感じるのだ。

私の中は、一体いつからこんなにも矛盾だらけになったのだろう。欲求があるから、ブレない想いがあるから、だからどこまでも迷うし、どこまでも悩むのだ。

それを欲していたはずなのに。

――この人の仕事は完璧だ。

月イチの社員向け新製品セミナーで講師を務める月島先パイは、身内に対して教えるラフさも残しつつ、とても丁寧だけど簡潔で分かりやすい説明と、同時にデモストも一人でこなしてしまう。話す方に熱が入っても、決して手は止まらない。その仕事はどこまでもプロフェッショナルで美しい。

月島先パイは、美映に入社して二年でリーダーになり、四年でチーフになった。それは、美映の長い歴史の中で記録的な速さを誇る。

でも先パイは「チーフ」と呼ばれることを嫌う。それは、「店頭に立つ人」でありたいからだと言う。社内で与えられる肩書きなんてお客様には関係のないものだから、チーフの自覚は常に持ってはいるけれど、チーフという称号はいらないという、先パイなりの哲学があるようだった。私はそれを聞いた時、どこまでもカッコイイ人だな、と思った。

入社して間もない頃、先パイが配属されているお店の抽選会を手伝ったことがある。その時、初めて先パイの仕事ぶりを見て、そのスゴさに単純に驚き、感動した。アグレッシブでプロフェッショナルなのに、しなやかで嫌味のない接客が他の誰よりも際立っていた。

その時に思ったのだ。この人になりたい。この人になろう、と。「ついていこう」とかではなく「なろう」と。そう思った。

それは、自分の中のカメレオン気質を今こそ発動する時なのではないかと思ったのかもしれなかった。人に嫌われないように無難な方に染まるのではなく、尊敬できる人の真似をして、少しでも成長したかった。入社して間もない新人がたやすくなれるような存在でないことは分かっていたけど、目指すところはここだと思った。マゼランのライブ以外で、初めて心が震えた瞬間だったかもしれない。

こんなにスゴい人の下で働ける私は、とてもラッキーだと思った。私という人間を生かすも殺すも環境次第で、「デキる」人たちに囲まれると、カメレオン発動で私もなんとなく「デキる」体《てい》になる。そう考えると、今の職場はそれ以上にないほどに当たりだった。このうえなく仕事がデキる先パイと、正しくて優しい上司に、私は生かされているのだと、常々思う。

就職を考えた時に美映を選んだのは、決して高尚な理由からではない。マゼランを追いかける為の時間とお金が必要で、さして勉強に励んできたわけではない私が狙える大手企業と考えた時に、選択肢に挙がった一つが美映だった。特に美容に興味があったわけではないけど、自分が持っている最大の武器を活かして就職することを考えると、そこに行きついたという感じだった。舐めた考えだと思いはしたけど、とにかく私は自分で生きていくことが大事だと思ったのだ。

親に頼らず、一人でちゃんと生きていくことができなければ、マゼランを追いかける資格も、好きでいる資格もないように思えた。きっと本当は、好きでいることに資格なんてものはいらないのだろうけど、それだけ自分の中に「変わりたい」「変わらなきゃ」という意識が強くあったのだと思う。何かをちゃんと頑張っている自分でいたかった。

昔から私は、特別に努力しなくても、勉強も運動もある程度のところまではできてしまう器用なタイプで、できるものだからそこで得心するという悪い癖があった。それ以上突きつめる努力をしないから、全てはそこそこのままで、そこからが伸びない。だから、いつも人に追い抜かれる。

でも、それでいいと思っていた。それなりにできれば、その場その場は乗り切れる。それが自分の生きていく力なのだと思っていた。この先も、そんなふうに要領よくやっていければいいと思っていた。いつか結婚するその時まで、そんな感じでやっていければ、と。

でも、マゼランと出会って、そういう小手先の感じが自分の中で許せなくなってきた。もっと本気で、もっと真剣に、何かと向き合ってみたくなった。

はず、なのに。マゼランを追いかけて三年。行けるライブは全て足を運び、遠征だってしたけど、最近の私はなんだかライブに行けば行くほど、虚しさのようなものを感じるようになっていた。マゼランに対して熱が冷めたとかいうことではなく、ライブという楽しくて充実した時間をたくさんもらうのに値しない自分を、強く感じていたのだと思う。

ライブ中が一番生きてることを実感できたし、なんとなく流されてしまう自分を霧散できるような気がして、自分が自分として、自由にそこにいられるような気がしていた。だから回数を増やせばもっと充実度が増して、満足度も大きくなるものだと思っていたけど、実際はそうではなかった。

ライブ中は本当に楽しくて充実してるのに、終わってしまうと自己嫌悪のような感情に襲われるようになっていった。その感覚は、ライブが盛り上がれば盛り上がるほど、マゼランが熱く鳴れば鳴るほど、大きくなった。気づかないふりをしてやりすごそうとしたけれど、できなかった。何が原因なのかに、うすうす気づいていたから。

月島先パイを目指して一年と少し。先パイに「なろう」と思った私はいつのまにか影が薄くなり、なんとなくボンヤリと日々の景色と同化してしまった。そこそこ頑張って、そこそこに評価される、それなりの日々に。どっちに転んでも、やっぱり私はカメレオンなのだった。

やはり、それなりにできてしまうのが最大のネックだった。そしてこの期に及んで、そんなふうに恋愛ももっと上手くできればよかったのに、とチラリとでも思ってしまう自分に、もっと嫌気がさした。

そもそも、私の中に先パイのような高い志がないことが問題で、「先パイのようになる」が目標の到達点であることがいけないのかもしれなかった。先パイは、メイクの力で他人《ひと》を救いたいと、本気で思ってこの業界に入ってきたような人だ。仕事の形を真似ることはできても、その心まではムリなのだと今更ながら気づく。スタートが違いすぎるのだ。

自分だけの「何か」を見つけることは思った以上に難しいものだと、先パイを見ながら思う。その視線に気づかれたのか、目が合ってしまった。

「そう言えば美波、最近アレ言わなくなったよね。ほら、太り始めるまでに優しい彼氏見つけるって、前はよく言ってたじゃない。もしかして、彼氏できた？」

先パイはセミナーの片づけをしながら訊いてくる。そのするどい指摘にドキリとしながらも私は、「残念ながら、全く」と、本当に残念だという表情をつくった。

「早く結婚したいなら、選ぶ職種、絶対に間違えましたよね。この業界、男性少なすぎ。就職する時にはマゼランのことしか考えてなかったから、待遇面しか見てなかったんですよね。先パイみたいに高い志を持って入ってきた人からしたら〝けしからん〟ですよね」

私がそんなふうに言うと、先パイは「ホントに〝けしからん〟だね」と、クスリと笑う。

「でも、みんな、そんなもんだよ。仮に志を持って入ったとしても、その想いが続くかどうかも分からないし、合う合わないもあるしね。どうしてもやりたくて選んだ仕事だったけど、私も新人の頃はけっこう悩んだからね」

「先パイでも？」

「私の場合は、理想を持ちすぎたが為に現実とのギャップに苦しむ日々だったかな……。いろいろジレンマはあったよね。だからある意味、美波みたいにフラットな気持ちの方が、仕事はやりやすいのかもね。やりたいことや好きなことをみんなが見つけられるわけじゃないから、自分にできそうなこととか、やってみたいと思えるところから選ぶしかないもんね。美波の選択だって一つの正解だよ。まぁ、私からしたら〝けしからん〟だけどね」

先パイは笑いながら言う。先パイの、こういうユーモアのある優しさが好きだった。この人は相手を思いやることを忘れない。どれだけ目指してもこの人間性までは真似できないのだろうと思う。だから完璧でアグレッシブな接客も決して圧を感じさせない。

「実は美波が入ってきた時さ、こんなに完璧な美人を採るなんて、人事は何を考えてるんだろうって思ったんだけど、美波と会って納得したんだよね。ああ、分かってる子だ、って」

「え？　何をですか？」

「若さも美しさも永遠じゃなくて、近い将来、必ず失うものだっていうことを、本当の意味で分かってる子だ、て。だから大丈夫だ、て」

「え……、そんなの、みんな分かってますよね？　若さは永遠じゃないって」

私の言葉に、先パイは静かに首を横に振る。

「みんなね、分かってるつもりでいるだけなの。いつか失うと知ってはいても、それはまだ見ぬ先の話で、あくまでも〝いつか〟なの。それはキレイな子ほどその傾向は強くて、どこか他人事なのよね。自分は大丈夫って思ってる。まだ、大丈夫、って。〝まだ〟が、いつまでも続くと思ってる。だから、キレイなことを鼻にかけて傲慢に振る舞えるの。自信たっぷりでいられるの」

先パイは決して責めるわけではなく、世間一般の話として淡々と話す。

「でも、美波は違った。若くてキレイだという自覚は持っているけど、それをいつか失うことをちゃんと理解しているから、美しさを全く鼻にかけない。それに、美波はとっても素直。前に、自分は人の意見に流されやすいって言ってたけど、私はそうは思わない。美波は、人が『いい』と言ったものを素直に受け入れられる柔軟さを持ってるだけなんだよ。真っすぐに物事を見れるキレイな目を持ってる。だから他人のいいところはちゃんと褒められるし、ダメなところはダメと言える。自分のいいところも悪いところも、へんに隠したりしない。そういうところが、美波の魅力だと思うんだよね」

思いがけない言葉に、なんだか少し泣きそうになる。

「……なんでそんなに褒めてくれるんですか？　もしかして私、どっか飛ばされちゃう？」

嬉しさとくすぐったさから、冗談まじりの返しになってしまった私に、先パイはクスクス笑いながら私の両頬を両手のひらで挟む。そしてギュッと力を込めた。

「キレイな顔でも、こんなに不細工になれるんだね」

自分が不細工顔を作っておいて、先パイはその顔に大ウケしている。

「ヒド……痛……」

本当はそれほど痛くなかったけど、私は痛そうな顔をしてみせた。

「ゴメンゴメン。なんか美波って、イジリたくなるんだよね」

先パイは謝りながらも笑っている。でも、すぐに真顔になって続けた。

「美波は、そのままでいいよ。大好きなバンドを追いかける為に、仕事を一生懸命、頑張ればいい。それが、嘘のない美波の本当の姿だと思うから。この先、もしも本当に太ってしまったとしても、美波が美波である限り、美波を愛してくれる人は必ずいるよ。好きなものを一生懸命に追える美波を、好きになる人がきっといる。たとえ、こんなに不細工ちゃんでもね」

そう言って先パイは、もう一度私の頰をギュッとつぶしたかと思うと、ニヤリと笑った。

「そんな美波さんに一つおススメ情報があるのですが……、聞きたい？」

なんとなく不穏な空気を感じて、私は恐る恐る「何ですか？」と訊く。

「来月、本社で研修があるんだけど、参加してみない？」

「それって、例の……」

「そう、美映名物〝魔の合宿〟」

入社三年以内の社員の希望者だけが参加できる、一週間泊まり込みのレベルアップの為の研修が、毎年秋に本社で行われる。かつて先パイも参加したと聞いたことがある。

なんとなく現状に甘んじてしまっていた私は、その存在をすっかり忘れていた。「魔の合宿」という別名を持つ研修は、参加した方がいいことを頭では分かっていても、尻ごみする気持ちもあって、迷ってしまう。

「少し、考えさせてもらっていいですか？」

「いいよ。〆切まで二週間あるから大丈夫」

　ここで迷いなく「行きます」と断言できないところがダメな気もしたけれど、先パイの「そのままでいいよ」に、この瞬間は甘えてしまうことにした。そして、先パイはやっぱり偉大だな、と思う。相談をしたわけではないのに、何かを察知したように、会話の中でサラリと私を救ってくれる。

　先パイにとっての仕事はきっと生き甲斐で、生きることそのものなのではないかと思う。でも、私にとって仕事は、マゼランを追いかける為――すなわち、「生きる」為のものなのだ。だから、先パイになろうとしても、そこにはムリがある。

　先パイに近づく為の努力を続けられない自分に悶々としていたけど、少し方向性を間違ってしまっていただけなのかもしれない。

　マゼランを追いかける為に選んだ仕事ではあったけど、最近は接客が楽しいと感じる瞬間も確かにあって、もう少し勉強したいという気持ちが芽生えてきてもいた。先パイのようにこの仕事を生き甲斐にできるかどうかは分からないけど、今は「楽しい」という感覚を信じてみるべきなのかもしれない。

　今までの私はマゼランを生き甲斐にして、そこを中心に全て動いてきたけれど、マゼランだけを目指して頑張るというのは、きっと彼らが本当に望む姿ではないはずだった。

　彼らは、自分たちの放つメッセージで何かを感じて、何かを見つけてほしいと、切に願っている。好きなもの、大切なもの、目指すもの、そういう何でもいいから「希望」につながるものを、自分たちの音楽から得てほしいと願っている。何もないなら、自分たちがそれになるという覚悟を持って、私たちに訴え続けている。

——だから。

今はまだ、自分にとっての「特別」を見つけられていないけど、いつかこの手にそれを摑めるよう、ちゃんと、生きよう。

目の前のわずかな手がかりを逃さないように、自分の気持ちに目を向けよう。耳を傾けよう。そう、思った。

「美波さん、マゼランのツアーファイナル行くんですか？」

相変わらず人懐っこい笑顔で純大は話しかけてくる。最近、カット終わりのドライヤーは純大の担当になっているようだ。セットをする前の大雑把に乾かすところまでの短い時間なのに、純大は必ず話しかけてくる。少しのイラ立ちと微笑ましさが入り混じった、複雑な感情を抱きながら私は答える。

「もちろん行くよ。地元であるのに行かない選択肢はないでしょ」

五月から行われていた、マゼランのアリーナツアーのファイナル公演が地元である。

「ですよね。恭平さんも行くって言ってましたよ」

全く他意のない言葉だと分かっていても、一瞬ドキリとしてしまう。ドキリとしたことで、道を外れているのだということを改めて認識する。

「そうなんだ」

その後の言葉が続かなかったけれど、ドライヤーの音が邪魔で、私自身はいつもそれほど喋ることはないから不自然にはなっていないだろうと考えて、そのまま黙ることにした。

恭平さんが行くことは知ってはいた。わざわざどのライブに行くとか報告しあうわけではなかったけど、会話の流れ次第ではライブの話にもなる。ただ、行くことは知っていても、「誰と」というところは敢えてハッキリさせないことにしていた。訊かなくても、きっと奥さんと行くのだろうと思っていたし、実際にそうであるようだった。

あのライブハウスの時は偶然だったし、お互いまだ何の感情も持っていなかったから一緒にライブを観ても問題はなかったけど、特別な感情を抱いてしまった今となっては、もうそれはできない。私は短大時代の友人と、恭平さんは奥さんと一緒に行く。それまでと変わりなく、そうであるべきだと分かっていた。分かってはいたけど、やっぱり、心のどこかで一緒に観たいと思ってしまう自分がいることは否めなかった。

ファンにとってツアーファイナルというのは特別なもので、行けるものなら行きたいと、きっと多くの人が思う。趣向をこらした特別な演出になったり、サプライズゲストが用意されていることがあったりで、期待感はグッと高まる。そして何よりも、長いツアーをメンバーと一緒に走り抜けた達成感のようなものを、勝手に感じてしまうファンも多い。私もそのうちの一人だった。

今回はそんな特別なライブだからこそ、あの日のように、特別な空間と特別な時間を、今度は特別な存在として共有したい。そんなふうに思ってしまう。でも、そう思ってしまう自分を封印する為にも、友達と行くことを決めていた。

私が喋らないことで、純大は束の間静かになるけれど、またすぐに話し始める。

「美波さん、次のツアーはオレも連れて行って下さいよ。……っていうか、その前に今度デートして下さいよ」

冗談なのか本気なのか分からないけれど、どこまでも無邪気に純大は誘ってくる。きっと会話をつなぐ為のものなのだろうと理解して、私は軽く笑ってかわそうとしたけど、その瞬間、恭平さんの声が飛んでくる。

「純大ッ、仕事中にナンパしてんじゃねーよ」

恭平さんは呆れた顔をしてはいるものの、本気で怒っているわけではなく、その瞳は呆れ半分、可愛さ半分という感じだ。恭平さんは、純大のことをとても気に入っている。

「大体、お前そんな余裕ないだろ。仕事と通信の勉強でいっぱいいっぱいだろ」

恭平さんは純大のおでこを軽く叩いて「ゴメンね、美波ちゃん」と謝ってくる。その顔は完全に営業用だった。

「怒られちゃった」

純大はそう言いながらも、「考えといて下さいね」とめげずに言ってから恭平さんと交代する。去り際にもう一度、恭平さんに小突かれているのを見て、私は思わず笑ってしまう。なんだか平和だな、と思いながら純大の後ろ姿を見送っていると、恭平さんが最後の仕上げの為に私の髪に触れる。二人きりでいる時とは全く違うその手つきに、どことなく寂しさを感じる。

職場で全く私情を見せないその徹底ぶりは、私の中に小さな疑念を生み出す。

この人は、本当に私の知っている恭平さんなのだろうか。というか、私といる時の恭平さんが実はニセモノで、奥野恭平という人間のアバターのような別世界を生きる人格が、恋愛ごっこを楽しんでいるだけなのかもしれない、と。ゲームやドラマのリアルではない世界で、恋愛ごっこを楽しんでいる別の人間がいるのではないかと変な想像をしてしまう。

鏡越しに目が合うと、一瞬だけよく知る恭平さんの表情になったから、私はバカな想像を振り払うようにして、クスンと笑った。

「純大くんって、なんか犬みたいですよね」

恭平さんに倣って客仕様の喋り方になる。

「犬？　純大が？」

恭平さんは、思わぬところからボールが飛んできたような反応をしたけど、すぐに「確かに」と頷いて吹き出した。

「何かに似てるなぁ、とは思ってたんだよね。そっか、犬だ」

恭平さんは納得の表情で純大の方を見る。

「そうだ。昔ウチで飼ってたジョンだ」

「恭平さんも、犬飼ってたんですか？」

「あ、美波ちゃんも？」

「はい。子供の頃、実家でゴールデンレトリバーを飼ってたんです。その子と純大くんが似てるなぁ、て前から思ってたんですよね。しかも名前がゴン太。ジュンタとゴンタって響きも似ててあ、兄弟みたいだなぁ、て」

私が笑いながら言うと、恭平さんはプッと吹き出して、すぐに満面の笑みでこう言った。

「ウチで飼ってたのもゴールデンなんだよね。じゃあ、三兄弟だ」

――ああ、もう……。

私は心の中で舌打ちして、鏡越しに恭平さんを軽く睨むような視線を送ってしまったけれど、すぐに客の顔に戻って、「偶然ですね」と、営業スマイルを張り付けて目を反らした。

そして、あの日のことを思い出して、子宮の辺りがキュッとなるのを感じる。

――俺、この曲が一番好きなんだよね。

あのライブの日、ラストの曲が「ジュエル」だと分かった瞬間に恭平さんが呟いて、私はその時、もう抗いようもなく運命を感じてしまったのだ。その一言がなければ、もしかするとこの恋は始まらなかったかもしれないと思うと、恭平さんのその計算のない無邪気さを、少し憎らしくも感じる。

たまたま好きな曲が一緒だったり、飼ってた犬種が同じだなんていうことはよくあることで、そこに「運命」なんてものを持ち出す時には、本当はもう既に恋は始まってしまっているのだと、とっくに気づいてはいた。

運命であろうと偶然であろうと、私が恭平さんを好きだということは動かしようのない事実で、今更、偶然を追加されたところで、もうそれ以上何がどうなるものでもないのに、ままならない現実に運命的要素になり得るものを付け足されると、更に引けなくなってしまいそうで、抜きさしならない感情に苦しさばかりが上積みされていく気がして、恨みがましく思ってしまうのだった。

「一時期、大型犬が流行ってたから、ウチはその流行にのっただけみたいな感じだけど」

「あー、うちもです。母がわりとミーハーで、何かと流行にのりたがるんですよね。ダイエットも兼ねて散歩しようとか飼う前は言ってたのに、結局、私と父が面倒見てましたね」

「一緒、一緒。ウチの母もすぐに飛びつくんだけど、すぐ飽きるから。困ったもんだよ」

ヤレヤレ……というような表情の恭平さんを見て、ヤレヤレ……と思う。あんまり簡単に「一緒一緒」なんて言わないでほしいと、単なる世間話の中でまで意味のない抵抗を試みる自分に、だいぶ重症だな、と苦笑する。

「でも、家にゴールデンがいるっていうのが、なんだか幸せな家庭の象徴のような感じがして、大好きだったんですよね」

「うん、分かる。あの優しい顔見てると、超癒やされるよね」

恭平さんは言いながら純大を見ている。

「アイツ、無邪気だからな。だから犬っぽい感じするのかな」

とても優しい表情で純大を見ている恭平さんを見て、私は心の中でツッコむ。

——無邪気なのは、あなたもね。

それにしても「ジュンタ」と「ゴンタ」。「ジュンタ」と「ジョン」。どっちも響きが微妙に似ていて笑ってしまう。二人して純大を見ながらクスクス笑っているものだから、純大が視線に気づいて、「あ、なんか今、オレのこと笑ってません？」と口をとがらせる。

「笑ってねーよ。ちゃんと黙って仕事しろよ」

恭平さんはオーナーらしくビシッと注意したかと思うと、その直後にやっぱり吹き出してしまう。

「やっぱり笑ってるじゃないッスか」

純大は更に口をとがらせる。そんな純大が可愛くて、ゴン太がいた頃の我が家の幸せな空気を思い出す。

純大は、平和で温かい空間を作る才能を持っている。この子もきっと、接客業に向いている。そう思った。そして、純大が作り出すこの平和な空間をとても愛しいと思った。恭平さんと私の二人きりではないこの空間が、平和で幸せであることが嬉しかった。恭平さんとこっそり会うようになってからは、店内は少し居心地悪く思う時もあった。他の客やスタッフに気づかれないようにという、少しばかりの緊張感を持っていたから、純大の存在が救いになっていた。純大の無邪気さを〝隠れみの〟にしているようなところがあったのかもしれない。

店内を平和で温かい空気で満たしてくれる純大に感謝する。でもいつか、この平和で幸せな空間を失う時がくるのだと、私の心と頭のとても冷静な部分が感じ取っていた。いつまでもこのまま、というわけにはいかない。それはよく分かっていた。だからこそ、この限られた幸せな時間と空間を作ってくれる苦労人の純大の未来が、どうか幸せでありますようにと、なぜだか分からないけど願わずにはいられなかった。

「友達、またライブに行けなくなったって」
「結成記念ライブ、行けなくなった子？」
「うん。今度はどうしても外せない仕事が入っちゃったみたい」

「あらら……可哀相に。雇われの身は辛いね」

恭平さんは本当に気の毒そうな顔をする。同じファンとして、楽しみにしていたライブに行けなくなる悲しさは手に取るように分かるのだろう。そう考えてから、あの時は奥さんもその立場だったことを思い出す。だから余計に分かるのかと思ってしまい、少し寂しくなる。

「最近、やたら私のクジ運がよくて、今回はアリーナの三列目ど真ん中で、友達もテンション上がりまくってたから、当分立ち直れないんじゃないかっていうくらいヘコんでた」

「そうなんだ……」

そこで急に恭平さんの声のトーンが下がる。

「席、三列目なんだ……」

その声の低さに少しの違和感を覚えながらも私は続ける。

「うん、スゴいでしょ？　アリーナ三列、三十六　三十七番！　嬉しすぎて覚えちゃった。こんな良席、一人で行くの勿体ないから、職場の先パイ誘ってみようかと思って」

私たちが行く会場は約一万五千人のキャパで、全席指定だった。その規模の会場でアリーナ席の前から三列目なんて、奇跡的な幸運で、この後に何か悪いことが起こるんじゃないかと心配になるほどの良席だった。ライブハウスの整理番号十一に続いてのそれだったから、友達は心底悔しがり、私は本当に不幸が待っている気がして怖くなっていた。

「俺、二列目なんだよね。二列目の三十一、三十二……」

「それって……」

「……うん、ものすごく近い、ね。ほぼ斜め前って感じ……？」

恭平さんは急に歯切れが悪くなる。

——そうか、そういうことか……。

私はその瞬間に理解した。声のトーンが下がった理由と、この後に待っているのであろう不幸がこれだったのか、と。

ありえないような偶然が重なって、何か分からない、目に見えない力で誘われているような気がした。抗えない力で、強く誘われている。そんな気がした。

「もし、さ、その先輩が行けなかったら、どうするの？　……一人で、行くの？」

優しくて、ナチュラルに無邪気なはずの恭平さんが消えて、明らかに動揺している。どこまでも歯切れの悪い男が目の前にいる。

——誰？　これ……。

マゼランの同じ曲が好きで、マゼランが世間から誤解されていることを悔しく思っていて、マゼランの本当の姿をみんなに知ってほしいと思っている。そんなふうに同じ想いを持った「運命共同体」のように思っていた人が、突然遠くへ行ってしまった。

目の前にいるのに、なんだかそれはただのオブジェのようだった。……いや、やっぱりアバターだったのかもしれない、と思う。生身の恭平さんは、きっと今も奥さんの隣にいるのだ。

分かっていた。そんなこと、本当はとっくに知っていた。恭平さんはきっと奥さんとは別れないし、奥さんのことを今も愛している。

恭平さんの持つナチュラルな無邪気さで、奥さんのことも私のことも、きっと同時に愛せてしまうのだと思っていた。でも、それは間違いだった。愛しているのは奥さんだけで、私とは、やっぱりただ恋愛ごっこがしたかっただけなのかもしれないと思った。

恋愛がいつか終わりを迎えるものだと知っている彼は、かつて経験した恋愛の高揚感や浮遊感や、胸がキュッとしめつけられるような切なさを味わいたかっただけなのかもしれない。それと家庭とは全く別物で、私といるその瞬間だけ、きっと彼は別世界で生きているのだ。アバターとして、ただ恋愛ごっこを楽しんでいる。

リアルじゃなかった。だから優しかった。

同じ世界にいてはいけない私と奥さんが同じ空間に存在することは、彼にとってはリアルが過ぎるのだ。初めて恭平さんの本心を見たような気がした。なんだか、急に胸の奥が寒くなる。

私はどこかで期待してしまっていた。もしかすると、恭平さんと一緒にライブに行けるのではないか、と。あの日のように、一緒にマゼランを聴けるんじゃないかと、淡い期待を抱いてしまっていた。きっと、だから友達が行けなくなったことをわざわざ話してしまったのだ。あの時と同じように、もしかすると奥さんも都合が悪くなってるのではないかと、心のどこかで期待してしまっていた。そういう期待を抱くべき相手ではないと、分かっていたはずなのに。

「淡い期待」なんて言いながら、しっかりと胸を膨らませてしまった。どこかで、あの日感じた運命的なものを信じてしまっていたのかもしれない。「運命」で結ばれていると、夢見てしまっていたのかもしれない。そんなものはただの幻想で、願望でしかないと頭では分かっていたはずなのに。

私たちがまだ、ただの客と美容師の関係だった頃に聞いた話を唐突に思い出す。恭平さんと奥さんの出会いも、マゼランのライブだったということを。

マゼランが作る特別な空間と特別な時間を共有すべき相手は、恭平さんにとっては私ではなく奥さんなのだと、急速に冷えていく頭と心の片隅で理解した。

恭平さんの動揺が、私から熱を奪っていく。真夏なのに、指先と背中の辺りが冷たくて感覚が失われていく。でもそれとは裏腹に、妙に覚醒していく感情があった。

――やっと、手放せる。

頭と心の不一致に悩み、迷い続けた時間からやっと解放されるような気がした。

そこからの私は、自分でも驚くほどサクサクと物事を決めていった。

まず、ライブチケットを二枚とも先パイに譲ることにした。ファイナルの、しかも神席チケットを手放すことはとても勇気のいることだったけれど、この三年間、自由に行きたい時に行きたいだけ行ったのだから、そろそろ我慢も必要だと、誰にかは分からないけど言われているような気がした。あと、どうしても先パイにライブを観てほしいと思った。

マゼランのことは好きで、もう何年も聴き続けてはいるけど、好きだからライブに行くという概念がなかったらしく、ライブには行ったことがないと言っていた先パイに、大好きなマゼランを生で感じてほしかった。なんだかそれが、とてもいいアイデアな気がしてしまったのだ。

それに今の私では、ファイナルに行っても、マゼランと共に達成感を得ることは、きっとできない気がした。だから、ライブではなく、本社研修に参加することを決めた。

それは本来てんびんにかけるようなものではないけれど、今の私にはライブに行くことよりも研修に参加することの方が必要な気がした。このタイミングで先パイから勧められたことが、そういうことな気がした。きっとそういうタイミングだったのだ。

だから敢えて流されてみようと思った。本当はもっと強い気持ちで臨むべきものなのだろうけど、なんとなく今は気負うべき時ではないような気がしたのだ。

自分の意思ではなく、流されるようにして行ったあの夏フェスの日、私はマゼランと出会った。あの時は運命的なもののように感じたけれど、きっと本当はそうではなくて、マゼランとの出会いは「必然」だったのではないかと、今となっては思う。偶然でも運命でもなく、必然だった。

同じ物、人と出会っても、その影響はその時の自分自身の心模様でずいぶんと変わる。

どれだけ強いメッセージも、受ける側の態勢が整っていなければそれは届かないのではないかと思った。

私はあの時確かに欲していた。自分が変わるきっかけを、動くきっかけを。だから、彼らの強いメッセージをキャッチできたし、そこから次へつなげることができた。受ける側が心の奥底で求めているから、欲しているから、それは届くし、強く響くのではないかと思った。

きっとそれと同じだ。今、また私は変わりたいと思っている。このままではいけないと思っている。そこに舞い込んでくる悪い報せも良い報せも、きっと何かを連れてくる。自分が求める「必然」を、きっと連れてくる。

そして恭平さんとの出会いは運命なんかではなく、ただの偶然だったのだと思おうとした。あの日、ラストの曲が一番聴きたかった「ジュエル」で、それが恭平さんも一番好きな曲だったことで私は運命を感じてしまったけれど、そんなものを持ち出してしまうと、身動きが取れなくなってしまう。

運命なんて、感じた者の負け、だ。

たいがいはただの偶然であって、それに勝手に「運命」と名前をつけるのはいつだって自分自身だ。幸せになれない「運命」なんていらない。これからは、素敵で幸せな未来につながるものだけに「運命」と名前をつけよう。

そう考えると、私の幸せな未来の為には、恭平さんとの関係は続けるべきものではないのだろうと、突然ストンと胸に収まる感じで理性が「好き」を上まわった。まるで憑き物が落ちたような感覚だった。

とは言っても、「好き」が突然消えるわけではない。ただ少し冷静になるだけだ。「好き」が消えるのではなく、きっと「恋」が消えるのだ。

恭平さんとの出会いも、ある意味必然だったのかも、と思う。人を好きになる幸せな気持ちも、痛みも切なさも、それは全て本当だったから。恭平さんを好きにならなかったら、知れなかった感情がたくさんある。いろんな感情を知ったことで、マゼランの歌がもっと響くようになった気がする。

今は、その為の出会いだったと思うことにしよう。嘘でも強がりでも、私は前へ進まないといけない。

隣に「誰か」がいなくても、ちゃんと生きていける人間になりたい。そうでないと、きっと「誰か」がいても、いつかダメになるから。人として、ちゃんと強くなる為の一歩を踏み出す時が来たのかもしれない。

あの日、恭平さんの動揺が私を凍らせたのは、恭平さんの本心にショックを受けて失望しながら、そういう恭平さんを、やっぱりとても好きだと思ってしまったからのような気がする。

奥さんと長い時間をかけて培われた愛情が、私一人の存在で簡単に壊れたり消したりはできないもので、恭平さんがそれをちゃんと大切にしている愛情深い人だということを知りながら、止められなかった想いがあって、何よりも厄介なのが、それをお互いに分かっていながら近づいてしまったということだった。だから余計に、運命共同体のような感覚を持ってしまったのかもしれない。

中途半端に一線を引きながらも、会うことは止められなかった。「会いたい」と思ってしまうことを止められなかった。恭平さんといる私は、いつだって矛盾だらけだった。

二人の間にあるものが恋なのか愛なのか、そんなことはどうでもよくて、恭平さんを好きだということだけがただ一つの確かなことだった。好きだから、恭平さんには私のことを選んでほしくなかった。本当は選んでほしいけど、奥さんとの愛情を、家族との絆を、迷わずに選んでほしいと思った。

一緒にいたいけど、一緒にいることで、恭平さんの愛する人たちを悲しませたくはなかった。大切な人を愛し続けることができる人だからこそ、好きだと思ってしまった。その想いが、彼の愛する人たちを悲しませるかもしれないのに。

全てを壊してもいいと思う瞬間だって、本当はあった。それは否めない私の本心だけど、だからと言ってその気持ちが全てではない。

きっと、そういうことなのだ。

あの時の恭平さんの動揺はきっと本心だけど、それが全てではない。大切に思うものが一つだとは限らない。ただ、その両方を持ち続けることはとても難しいし、そこには大きな矛盾が生まれてしまう。

悪い人だと思うことだって、きっとできる。一度だけ、恭平さんは間違えて私のことを「ミヤビ」と呼んだことがあった。ミヤビとは奥さんの名前で、「ミナミ」と「ミヤビ」はとても響きが似ていてなんだか周到だな、と思うこともできなくはなかったけれど、そうではないことくらい、一緒にいれば分かる。「ズルい人」ではあっても「悪い人」ではない。

彼が私のことを「美波」ではなく「美波ちゃん」と呼び続けたことも、彼の自制心からくるもののような気がした。これ以上近づきすぎないように、彼なりの防御だったのかもしれない。いっそ悪い人であってくれればよかったのに、と思う。そこに計算のない無邪気な「ズルい人」ほど厄介なものはない。

そんなふうに分析できるようになった自分に気づいて、私はもう大丈夫な気がした。

理性も理屈も超えて、ただ止められなかった頃とは明らかに違う「好き」の形が、そこにはあるような気がした。

ちゃんと、願える。心から、彼の幸せを。

もう、会うのはやめよう。

ふいに頭の中でメロディーが流れる。何度も何度も口ずさんだ大好きな歌。

「流されて染まっては消えていく
本当は消えたくないと
心の声だけを嗄らし続けた

誰と出会うか　出会わないか
出会うことの意味なんて知らなかった
ただ一つの出会いを　今は抱きしめている

希望という名のジュエルをこの手に
今日も僕は歌い続ける
君が迷い惑ううちは
僕が君のジュエルになろう
そしていつか
君こそが誰かのジュエルになる」

希望のバトンをつないでいくようなこの歌が、いつしか私のジュエルになっていた。

これはマゼランのボーカルの実体験を元に作られた曲だ。

ボーカルのタケルが、夢も目標も何もない、本人曰く空っぽだった学生時代に、あるバンドと出会ったことからマゼランの歴史は始まる。

たまたま知人に連れて行かれた小さなライブハウスで、数人の観客を前に魂を燃やすようにして歌うそのバンドのボーカルの姿を見て、タケルは感銘を受ける。歌詞を理解するより前に涙が溢れて止まらず、こんなふうにして伝わるものがあるのだということに衝撃を受け、それまで感じたことのない衝動に駆られたということを、音楽誌のインタビューで語っていた。

タケルはその日のうちに友人二人を招集して、マゼランを結成する。タケルの人生が、希望を持って大きく動き始めた瞬間だった。

それが、十五年前の今日だ。また、結成記念ライブの日がやってきたのだ。

ツアーファイナルを諦めた私は、このライブを楽しみに本社研修を乗り切った。

噂に違わぬ超ハードな研修は、私に想像以上のダメージと同時に収穫ももたらした。

研修中は毎日、参加者の中から一人が講師役に選ばれ、一日のラストのタームが割り当てられる。誰になるかは前日に発表され、選ばれた人はその為の準備と勉強に追われる。

一ターム九十分が一日六タームまである過密スケジュールの中での準備は、軽く吐き気を覚えるほどのもので、それは時間だけでなく精神面からも追い込まれる、まさに地獄の

「魔の合宿」たる所以のシステムだった。

　私は研修五日目の疲れがマックスなタイミングで指名され、本気で逃げ出したくなったけれど、半分ヤケクソのような状態でやってみると、意外と好評価を得た。

「教え方が上手い」と言われ、例のごとく、ちょっとその気になるという相変わらずの気質を発揮して、今少しやる気になって、どこまでも単純かつブレブレな日々を送っている。でも、何かを頑張ろうとする方にブレるのは良いことだと思い、身を任せている。

　まだまだ美容部員としても半人前だけど、将来はトレーナーという道もアリかもしれない、なんて思ったりしている。

　これというものが見つかるまでは、鼻先に人参スタイルで、マゼランのライブをご褒美に、目の前のことを頑張るというところに気持ちは落ち着きつつある。少し頑張ってみたいと思えるものができたことが大きいかもしれない。本気で辛かったけど、研修は行ってよかったと思っている。

　今の目標は、今までできなかった一歩先の努力ができるようになること、だ。

　今回のライブは、研修を乗り切ったご褒美という位置づけで存分に楽しもうと思っていた。それなのに。

「わざとなのか……？」

　私はスマホの画面を見ながら独りごちる。

——ごめん。行けなくなった。

例の短大時代の友達からのメッセージに、怒りよりも呆れが勝ってしまう。信じられないという想いでスマホを見つめる。

ファイナルに行けなくなってツアー初日に会ったきりだからと、開場の二時間前に待ち合わせてお茶の予定だったたから、目の前に空白の時間がたっぷりとできてしまう。

いつもはライブハウスで行われる狭き門のライブだけど、今年は十五周年というアニバーサリーイヤーということもあり、スタジアムで大々的に祝うスタイルでの開催になった。収容人数二千人くらいから一気に三万人に増える分、チケットは取りやすくなるけど必然的にステージからの距離は遠くなる。でも今年はそれでよかった、と思う。数千人規模だと恭平さんに会う可能性が高くなってしまう。

恭平さんとは、ファイナル公演の前にけじめをつけた。私という存在を心のどこかに残したまま、二人でライブを観てほしくなかったのだ。私にとっても、恭平さんにとっても、そして奥さんにとっても、そうであるべきだと思った。

それからお店にも行けなくなったから、しばらくは美容室難民となりそうだ。これは最後の強がりなのかもしれないけど、美容師としての恭平さんを失うことが、最大の痛手だという気が、今はしている。

さすがに三万人も集まるようなライブ会場でバッタリ会うなんてことはないだろうと高をくくりながらも、そういう運命のイタズラもないとは言えないな、とボンヤリ考えながらグッズを眺めていると、背後から突然名前を呼ばれる。

「美波さん」

〝運命のイタズラ〟なのかと思い、一瞬心臓が止まりそうになったけれど、「さん」の部分でそうではないことを確信して振り返った。

「純大くんッ」

そこには潤んだ犬のような瞳があった。

「えッ、すごい偶然……。こんなに大勢人がいるのに知り合いに出会っちゃうんだ」

会場周辺は開場までまだまだ時間があるのに、グッズ購入の為に訪れた人たちでごった返していた。チラリと恭平さんのことが頭をよぎったけれど、私は改めて純大の顔を見た。

「チケット、取れたんだね。よかった」

ずっと行きたいと言っていたから、私は心からよかったと思い、そう言った。でも、純大の顔はなんだか少し怒っているように見えた。

「どうしたの？　なんか、怒ってない？　人多くて疲れちゃった？」

心配して私が訊くと、そこのところで純大は「ハァー……」と大きく息を吐いてその場に座り込んだ。そして、ヤンキー座りのような座り方をして、一度、自身の髪をクシャクシャッと無造作に触った後、乱れた髪のまま私を見上げる。上目づかいで、じっと見つめてくるその瞳はやっぱり犬のようだったけれど、今日の純大はゴールデンの優しい瞳ではなく、どちらかというと主張の強い、何かを訴えてくるビーグル犬のようなたっぷりと大きな黒い瞳をしていた。

「……偶然じゃないよ」

「え？」

ボソリと呟かれた声が聞き取れなくて私が訊き返すと、今度はハッキリと言った。

「偶然なんかじゃ、ない」

私は純大が何に怒っているのか分からずに次の言葉を待った。

「美波さん、店に来なくなったから……前は毎月必ず来てたのに急に来なくなって、それで……オレ、ここに来れば会えるんじゃないかと思って……。それくらいしか思いつかなくて。いつもグッズも買うって言ってたから、グッズ売り場にいれば会えるかも……て。なんかストーカーみたいでキモいな、て自分でも思ったけど、どうしても会いたくて」

想像もしていなかった告白に、私は単純に驚いてキョトンとしてしまう。その顔を見て純大は一転、クスリと笑った。

「何、その顔……。冗談だと思ってた？　デートに誘ってたの」

「うん、完全に」

正直に答えると、純大はもう一度大きく溜め息をつく。

「だよね……。店ん中じゃアレが限界だもん。ちゃんとスタイリストになったら告白したかったのに、まさか来なくなるなんて思ってなかったから……」

そこのところで、もう一度上目づかいで見てくる。意思を持った黒目がちな瞳で見つめてくる。そして立ち上がって私と目線を合わせると、今度はビーグルではなく〝ゴン太の顔〟で笑った。

「よかった……会えて」

本当によかったと思っていることが伝わってくる声と表情だった。お店に行かなくなってまだ三ヵ月ほどしか経っていないのに、その笑顔はとても懐かしくて、とても温かく、そしてなんだかやっぱりとても平和だった。私は危うく「ゴン太」と呼びそうになるのを堪えて、一度時計に目をやる。開場までまだ一時間以上ある。

「純大くん」

私の呼びかけに、純大はとても従順な顔で次の言葉を待っている。その顔を見て私は思う。従順に大人しく飼い主を待っているような瞳を持つこの子は、その見た目とは裏腹にアグレッシブな一面を持っているのだと。

「偶然」に押し切られて、流されて「運命」にのっかるタイプが私なら、純大はきっと、「偶然」を信じない「運命」を自ら手繰り寄せるタイプなのだと、そんなことを思った。それがとても強いことのような気がして、目の前の純大が少し眩しく見える。

そう言えばこの子は、自分の夢も自分の手で掴む為に人生を切り拓いてきたのだということを思い出す。私が感じていた嫉妬のような感情は、無邪気さに対するものではなく、そういうところだったのかもしれない、と漠然と思う。そして、いつかこの子の未来が幸せであるようにと願ったことが、ものすごくおこがましいことのような気がして恥ずかしくなるのと同時に、もう少しこの子と喋ってみたいという気持ちが芽生えてきた。

純大は私の次の言葉を待ち続けている。やっぱりどこまでも〝ゴン太の顔〟で待っている。冬の気配が近づきつつある晩秋の、どこかヒンヤリとした空気すら暖かくなるようなその顔に向かって、私は言った。

「純大くん、開場までお茶でもしようか」

その瞬間、純大の笑顔は季節はずれの向日葵のように大きく開いた。